コタ、お前は落語家になりたいの？

豊田寿太郎

もくじ

第3章 僕のファミリーの「不思議」

第4章　僕の「歴史旅」

第5章　お仕事

第1章

僕の人生、変ですか？

1　双子《ふたご》の友人1人分の、3分の2の体重で生まれた

僕の名前は、林家コタ。同学年の人が甲子園などで活躍していることにびっくりしている高校1年生です。本当の名前は、寿太郎と書いて「こたろう」と読みます。

この名前をつけたのは、おじいちゃん。おじいちゃんに、なぜこの名前をつけたのか聞いてみたところ、そこには明確な理由がありました。

まず、長男には「太郎」をつけたい！　それにプラス1文字。なんでも、あだ名として〝コタ〟と呼びたかったので、こたろうという名前がいいと考えたそうです。しかし、問題は「こ」の漢字。「小さい」という字はあまり使いたくなく、「こ」と読めても「虎《とら》」ではイメージが違う。そんなことを考えていたある時、小村寿太郎《こむらじゅたろう》という明治時代の外務大臣の名前をたまたま本で見て、なおかつ息子（つまり僕の父親）の名前にも「寿」の字が入っていることから、「寿《ことぶき》」を「こ」と読ませて、寿太郎《こたろう》にしようと考えたそうです。なんか縁起のよい名前だなあ、なんて思っています。

僕はおじいちゃんに林家木久扇《はやしやきくおう》、父に林家木久蔵《きくぞう》をもつ、言わば〝落語家一家〟に

生まれました。そんな特殊そうで普通のような僕の今までについて書いていこうと思います。

　まず、僕が一体どのような人間なのかについて、この本を読んでくださる方に知って頂きたいと思います。

　僕は、平成20（２００８）年３月に生まれました。本来は５月頃に生まれる予定だったのですが、なぜか誕生日は３月20日！　その影響《えいきょう》で、生まれた時の体重は１２００グラムしかありませんでした。みごとな未熟児です。同級生の双子たちが、生まれた時にそれぞれ１８００グラム程だったそうですから、僕には今でもその双子の友人たちに対し、謎《なぞ》の優越感《ゆうえつかん》があります。

退院後、姉と初対面。

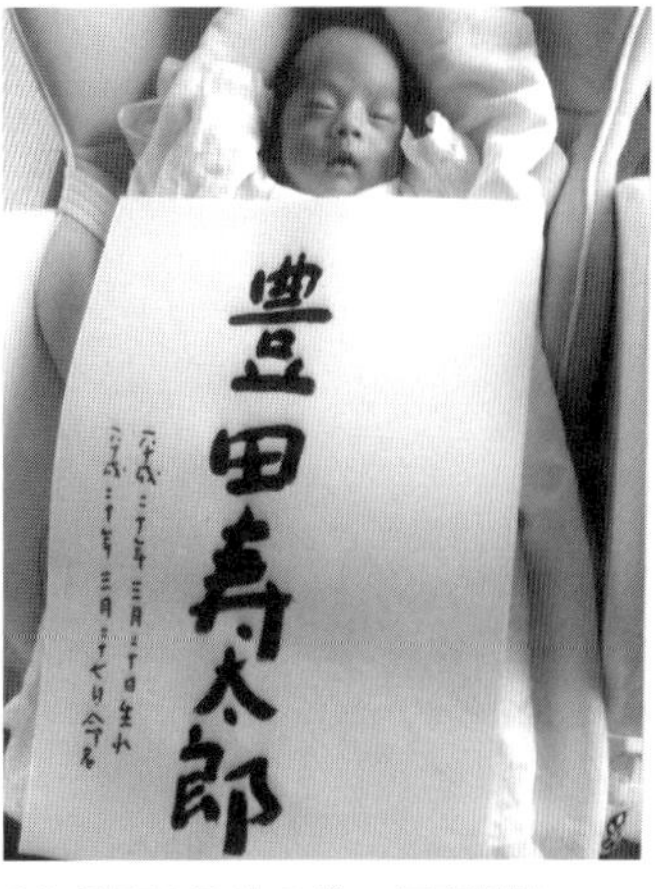

2か月間の入院の後、無事退院。
命名書はおじいちゃんの直筆。

そんな未熟児であったために、僕は生まれてからしばらく生死をさまよいました。

でも、肺がなんとか出来上がっていたため、奇跡的《きせきてき》に健康な状態で退院することができたようです。

平成23（2011）年、僕は幼稚園に入園しました。その頃の僕は、背の順で並ぶとほとんど一番前でした。年子の姉は身長が高いのに……。

2 幼い頃の夢は「パリッ！」

小さい子どもというと、必ずと言っていいほど将来の夢があります。

その頃の僕は、ポテトチップスになりたいと言っていたそうです。まわりの子たちは、サッカー選手になりたいとか、ヒーローになりたいとか、かっこいい夢を言っていたし、パティシエになりたいという女の子もいました。

でも、みんな将来の夢は、人間なんです。なのに僕は、なぜか「パリッ！」で終わる生涯《しょうがい》を望んでいたそうです。謎です。

将来の夢とは別に、その頃の僕には熱中していたものがありました。それは、電車です。とはいっても、なぜ好きだったのかは覚えていません。当時、とくに僕はドラえもんの電車に乗りたがり、これを巡《めぐ》っては、母と喧嘩《けんか》をしたことがあります。

ある日、幼稚園に行くため電車を待っていた僕たちの目の前に、期間限定の「ドラえもん電車」が現れたのです。ところがそれは急行でした。普通、急行は、数分後に快速急行がやってきて、これに追い越されます。ところが、この時間帯の急行に限っては抜かされないことを、電車マスターは知っていたのです。

僕は、「急行だけど、あとに来る快速には抜かれずに先に目的地に着くから、これに乗っても問題ないよ!」と、母親へ進言しました。でも母は、「だめよ、快速の方が早く着く」と、僕の意見を聞き入れようとしません。「急行が先に着く!」「快速の方が先!」と喧嘩が始まり、そうこうしているうちに、その日のドラえもん電車は去ってしまいました。その後、母親は僕の言ったとおり急行が先に着くことを知り、毎朝、ドラえもん電車に乗ることができました。

電車で移動する時は、必ず1号車の1番ドアから乗り、ずっと正面の景色を見るのも僕のこだわりでした。まだ小さくて窓を覗《のぞ》くことができない頃から、ずっと誰かに抱かれながら見ていました。

この電車好きを最も後押ししてくれたのが、母方のおじいちゃんでした。たとえば、電車を線路に走らせる、プラレールという子ども向けのおもちゃをたくさん買ってくれました。そこからしばらく時が経ち、僕がものの大切さをわかるようになってきたら、Nゲージというプラレールの大人バージョンも買ってくれました。他にも、電車に乗りたがる僕を、実際にいろいろな電車に乗せてくれました。目的地もなく、新幹線で短い距離を往復するということも一緒にするといったように。

この電車好きの時期に、それを満喫《まんきつ》させてくれたのは嬉《うれ》しかったです。

電車に乗る時は、１号車の一番前が定位置。
もちろん、姉にもつきあってもらいます。

3　歴史好きは、春風亭小朝師匠《しゅんぷうていこあさししょう》の影響

小学校に入学して、毎日、毎日満員で座れない電車に乗って通学するようになると、電車が面倒になったのか、はたまた飽きてしまったのかよくわからないのですが、自分の好きなことが、だんだんと変わってきました。

新たに好きになったのは、歴史（とくに戦国時代）です。そして、今も続いています。歴史が好きになったのには、明確な理由がありました。

それは、大河ドラマの「軍師官兵衛《ぐんしかんべえ》」（2014年放送）を観たこと。このドラマには、僕たち家族がお世話になっている春風亭小朝師匠が、明智光秀《あけちみつひで》役で出演していました。

そこから興味を持ち、黒田《くろだ》官兵衛の漫画を購読します。それがきっかけで、どんどん興味が広がって、その漫画と同じ歴史人物シリーズをたくさん購読するようになり、今に至ります。最近では、歴史小説にも興味を持ち、司馬遼太郎《しばりょうたろう》などを読みました。

僕の歴史好きについては、もういいと言われるくらい、あとで書かせてください。

さて、小学生になると、勉強が始まります。僕は、ずーっと算数と英語が苦手です。苦手な教科は、まだまだあります。美術は、苦手どころか嫌《きら》いでした。なぜなら、僕の作品はあまりにも独創的なので、それを理解して高く評価してくれる先生が、ひとりしかいなかったからです。面白がっていただけかもしれませんけれど。

なんといっても問題なのが体育です。まず、からっきし泳げない。ビート板が無いと何もできませんし、クロールや背泳ぎなど、泳ぐなんてことは、もってのほかです。さらに、僕の学校では高校2年生になると、25メートル泳がなければいけないと宣告されてしまいます。脅迫《きょうはく》です。

長縄とドッヂボールもできませんでした。長縄は、自分のミスがみんなに影響する悪質な遊びだと、僕は思います。とても嫌《いや》。ドッジボールは、普段は楽しく会話する同級生が鬼の形相でボールを投げてくるので、苦手でした。ということは、ほとんどの体育の内容が苦手、もしくは嫌いということ？

それが、そうでもありません。僕の小学校は部活に入らないといけなかったので、3年生時にソフトボール部に入部しました。その経験からか、2年に1回くらい体育の授業でおこなわれるソフトボールでは、僕が大活躍。また、バドミントンも得意とするところ。どういうわけか最初からうまくできたからです。

4 新型コロナウイルスパンデミックの時代

中学生になりました。中学生時代の令和2〜4年度は、新型コロナウイルスが猛威《もうい》を振るっていました。その頃、何が嫌だったかというと、それは行事の中止です。

正直、つぶれて嬉しい行事もありました。水泳とか。それはそれで素直に喜べたのですが、楽しみにしていた宿泊行事の中止などが、とても辛かったのです。

そんなコロナウイルスの影響といえば、なんといってもオンライン授業です。

オンライン授業のよいところは、朝ゆっくり起きられること、家で温かいご飯が食べられること、カメラに映るところはちゃんとしていても、映らないところは……、都合が悪いと、マイクが使えないことにできること、などなど。ただ、登下校の時間、友だちと他愛のない話ができないというのは、とても悲しかったです。

そんな中学時代には、ずっと野球部に在籍。ところが、ボールは捕《と》れないし、打てない。小学校時代の2年に1回くらいの活躍では、全く通じませんでした。

それでも監督が「全員野球」を掲《かか》げる優しい人だったので、試合に出させてくださいました（野球については、あとで詳しく書かせてください）。

その部活以外は、僕には濃い思い出のないコロナ禍《か》の中学生活だったなぁと思います。

「捕れないし、打てない」としても、僕は、いたって真剣にプレーしているのです。

5　僕の護身術

僕が通っている学校は、幼稚園から大学まですべてある一貫校です。小学生から部活動があり、僕は4年生までソフトボール部に入っていましたが、5年生になって野球部に転部。そして、中学生になっても野球部を続けました。

そんななか、6年生のときにラグビーワールドカップがあって、日本代表が大活躍。その影響を受け、中学からラグビー部に転部する人がたくさんいました。でも僕に言わせれば、いくらラグビーが人気沸騰《ふっとう》だとしても、ラグビー部へ転部するなど、信じられないことでした。体をぶつけて血を流しながらプレーするのですから。

野球部には抜ける友達がいる一方、新入生もやってきて部員も増えたため、僕の学年は8人（夏休み頃にひとり加入して9人）となりました。驚いたのは、女の子がひとりで入部してきた熱意です。

僕は野球を見るのが大好きですが、やるのはあまり好きではありませんでした。もっと正確に言えば、「やることが好きでない」と、気づきました。

「ポジションどこがいい?」と聞かれても、「わかりません」と答える他ありませんでした。結局、たまたまファーストミットを持っていたので、ファーストを守ることとなりました。

しかし、このポジション、ヘタクソがやるところではありません。なにせ、野手が捕った内野ゴロは必ずファーストに送られてきます。送球がワンバウンドやツーバウンドになることもありますし、打者の足が速くセーフになりそうな時は、すごく力んで投げてくることもあります。そんな捕りにくいボールを、ファーストは体にあてててでも後ろに逸《そ》らさない義務があるのです。しかし、打者と交錯《こうさく》すれば怪我《けが》をすることもあるし、いくら軟球《なんきゅう》だって体にあたれば痛い。

どうしたらよいのか、僕は考えました。そこで思いつきました、いい方法を。投げられる前に「これは危険だ」と感じたら、投げ手に向かって、「間に合いませーん」という合図、すなわち、手で×マークを作り、必死にアピールする。時には、間に合いそうなタイミングでもしてしまうというやり方です。

最初のうちは×マークを出す知恵が無かったので、僕にとって地獄《じごく》のようでした。

送球もファーストゴロも捕れない。先輩が僕の悪口を言っているのも聞こえました。それでもだんだんとみんなの方が、僕を理解し、なるべく捕りやすい球を投げてくれるようになったのです。まわりに頑張ってもらうことが、僕の護身術でした。

そんな僕でも、監督や同級生のチームメイトたちは、決して見捨てませんでした。監督は、僕を厳しく注意することもありましたが、普段は僕に優しく声がけしてくれました。

「エラーするとわかりきっているのに、なぜ僕を試合に出すんだ！」と、ネガティブになることもありましたが、心のどこかではみんなに対して感謝でいっぱいでした。

同級生のチームメイトたちも、どんなにエラーしても失敗しても仲間の輪に入れてくれていました。明るく、お調子者ばかりの同級生たちだったからでしょうか。

そうこうしているうちに僕たちも最上級生となり、そこへ3人の後輩が入ってきました。不思議なことに、ヘタクソな僕に対しても、反抗したり嫌味を言ったりしませんでした。論ずるに及《およ》ばない人だったとかは言わないでください。

でも、その頃にはスタメンになることもありました。打順は、7~9番を行ったり来たりでしたが、それが僕にはぴったり。上位打順と比べれば、塁《るい》に出る、ランナーを返して点を入れるといった責任があまりないと思っていたからです。

そんな僕ですが、できることがありました。それは身長が低いので、相手のピッチャーが投げにくいのか、フォアボールを得ることです。ただ立ってボール球を見逃すだけですから。

そういった訳で気楽な僕は自主練をほとんどしたことがありません。素振りなんて、もってのほか。それでも、監督の「全員野球」は、僕を仲間に入れてくれました。チームメイトも見放さないでくれました。感謝としか言いようがありません。

その僕が一度だけ、どういう訳か、相手のピッチャーのボールの軌道《きどう》を予測して打つまでを考えることができた試合がありました。「あ、この辺のコースか。バットはどう出そうかな。よし、少し下から出してみよう」といったように。

それはそれは不思議な出来事でしたが、三安打を放ち、すごく楽しかったことを今でもよく覚えています。きっとプロ野球選手は、毎回こんなワクワク感が楽しめているんだろうなぁ、羨《うらや》ましい！　なんて思いながら、僕はプロ野球観戦を楽しんでいます。

6 「4番ファースト」で試合出場

4番という打順は、最もバッティングが上手な打者が入るところ。野球選手なら誰もが憧《あこが》れる打順です。また、ファーストというポジションも、バッティングの上手な選手の多いポジションです。「いかにも打ちそう」な人が、「4番ファースト」の座を得るのです。

僕はそんな肩書きを公式戦で得られたことが一度だけありました。その試合の数日前、僕のひいおばあちゃんが亡くなったことを知った監督が「天国から僕に力を貸してくれるだろう」と、そうしてくれたのです。

僕は青空を見つめ、心の中で「貴重な経験をさせてくれてありがとうございます」と監督に感謝しました。あ、監督は今もご存命。40代ですから空に向かって言うのは変かな?

その試合のようすを実況中継《じっきょうちゅうけい》させてください。

第1打席、ランナー3塁という、得点が入るであろう大チャンスの場面。4番には、このチャンスでランナーを返すという義務が重くのしかかります。相手チームは、そんな打順にいる僕のことを詳《くわ》しく知らずに「4番、バックー!」というかけ声を出し合っています。そこへ、ろくに素振りをしない男が登場です。

ピッチャーが第1球を投げます。ネガティブな僕は、様子見も兼ねて見逃すつもりでしたが、ボールがワンバウンド。それをキャッチャーが止められず後逸《こういつ》。その間にランナーがホームに帰ってきたことで、なんとチームは先取点をゲット!

僕は、ラッキーな形で、ランナーを返すという義務を果たせたのです。というか、義務が消滅。安心して三振ができました。

第2打席は、ランナーがいませんでしたが、ボールが僕の背中に直撃しデッドボール。僕は、僕なりに威圧感《いあつかん》を与えようと考え、それっぽくピッチャーを睨《にら》みながら出塁。内心はもう打たなくていいという安堵感《あんどかん》が大半を占めていました。

次の回の守備からは、僕はお役御免《ごめん》となりました。ここまでノーエラーでしたので、僕は十分に仕事を果たしたと満足。ヒットを打った訳ではないので、監督の希望とは違ったと思いますが、僕にとっては嬉しい結果でした。ひいおばあちゃんが助けてくれたのかな？

試合結果はというと、僕がいなくなったからかチームは逆転を許し、負けました。

この試合の景色は、とても鮮明に覚えています。4番と監督から言われたとき、まわりのみんなが目を見開いて僕を見つめ、「なぜコタが4番？」と驚いたこと。そして僕を応援してくれているかのような、ものすごく眩《まぶ》しかった太陽、などなど。

この日、試合をたまたま観にきていた父が、4番にいることに驚きながらも「4番、バック」の話を知り合いという知り合いに伝えていたと僕はあとで知り、ちょっと恥ずかしかったです。父は喜んでいるのか馬鹿にしているのかわかりませんし。もっとも、九割九分馬鹿にした喋《しゃべ》りをしますが。

ランナー3塁のチャンスで4番の打席に入った僕。いかにも「打ちそう」？

7「僕がヒーローだ！」と言いたい

ある時、野球部でどこかに遊びに行こうという気運が高まりました。以前から試合後に食事に行くことはあっても、遊びに行ったことはありませんでした。

そこで、女子部員（そう、女子ひとりで入部してきた子）の主導のもと、ディズニーランドに行くことになりました。僕は、ジェットコースターが苦手であるということなどで、あまり乗り気ではなく、食べ歩きを推薦《すいせん》したのですが、女子に一蹴《いっしゅう》されてしまいました。その結果が、こんな感じでした。

丸太ボートに乗って冒険の旅をするスプラッシュマウンテンで、滝壺《たきつぼ》めがけてダイブする際、自動的に写真を撮られます。その時、みんなは両手をあげて楽しんでいるのですが、僕だけが手すりにしがみついて、ピシッと姿勢よく固まったまま座っていました。もちろん、本気で悲鳴をあげているのも僕だけ。みんなは「キャー！」でも僕は「あ〜」ですから。そんな訳でみんなに馬鹿にされたり、からかわれたり……でした。

でも、やられっぱなしではありません。ぼくからは、みんなにあだ名をつけてやりました。日光が正面にあると顔中に皺《しわ》ができて、梅加工食品シリーズの男梅《おとこうめ》のキャラクター「男梅蔵」にそっくりだった友だちには、「男梅」と命名するとか。

こうして時が過ぎ、中学3年生になって、最後の野球の大会がやってきました。我らが監督はくじ運がとっても悪く、今までいいくじを引いているのを見たことがありませんでした。しかし、この時のために運を貯めていたのでしょうか。強い学校同士が潰《つぶ》し合い、僕たちは決勝までいかないと強い学校にあたらないという最高のくじを引きあてました。

初戦は、練習試合でも負けたことのない相手です。でも、最後の大会ともなると、相手もよく粘《ねば》り、最終的に1対0という結果で辛勝《しんしょう》しました。

2回戦、序盤《じょばん》から相手に数点リードされました。途中、僕のバントの失敗もありましたが、相手のエラーもたいしたもので、なんと最終回に逆転のチャンス。同点に追いついたところで、例の女子部員に打順が回ってきたのです。

その時、ピッチャーが投げたボールが、ワンバウンド。キャッチャー後逸。そんな重要な場面で僕がいたのは、３塁コーチャーボックス。３塁からランナーをホームに走らせるか、止めるかを判断する役目。僕は、間に合うか間に合わないかの判断が得意。なんせ練習で1塁に投げても無駄だよと、×を出す訓練をしてきていたからです。

そんな僕は考えました。

「～このグラウンドはキャッチャーの後ろが狭く、キャッチャーは、逸らしたボールにすぐに追いつくから、ホームは流石《さすが》に間に合わないだろう。でも俊足《しゅんそく》のランナーだからホームに行けるかも～」そう考えていたら、もう３塁ランナーはスタートを切っていました。あれ？　と思いつつ行方《ゆくえ》を凝視《ぎょうし》しました。

結果は、間一髪、キャッチャーのタッチを免《まぬか》れてサヨナラ勝ち。

試合終了後の整列時、泣いている部員をみんなで冷やかしていましたが、みんな気持ちは同じ、泣くほど嬉しかったのでした。

そして準決勝です。対戦相手とは全く試合をしたことがなかったので、どんなチームか知りませんでした。しかし蓋《ふた》を開けてみると、こちらがずっとリードしたまま最終回を迎えられました。

それでも、最終回ともなると相手も必死。ツーアウトながら、ピンチがやってきました。しかし、打球はピッチャー前へ。ピッチャーが捕ってファーストの僕へ投げてくるではありませんか。どうなったと思いますか。ぼくのエラーで万事休す、ではありませんでした。これで終わるという思いからか、ぼくではなく、ピッチャーが安堵してしまったようです。そのため、僕に向かって投げたボールが高く浮いてしまいました。これを見た瞬間《しゅんかん》、僕は自分のミスでボールを逸らすことにはならないと思い、安堵を……いや、逆転負けしてしまうかもと危機感を感じたのです。すると、どうでしょう。あの僕が、今までで一番すばらしいジャンプでボールをキャッチしたではないですか。そして、ランナーよりギリギリ早くベースを踏み、試合終了!

自分が一番驚く結果になりました。

その試合について「僕がヒーローだったのだ!」と言いたいところですが、打席ではバットにボールがあたらず、ヒーローと言うには程遠かったです。

そして、とうとう決勝戦。そこには強い中学校が待っていました。序盤からパカスカ打たれ、僕はその大会で初めてのエラーをすると、立て続けに3つ程エラーをしてしまいました。打つ方でもチャンスを生かせず、完全に相手に飲まれてしまいました。その結果、二桁《けた》得点を許す大敗を喫《きっ》しました。

それでも、その大会は決勝までいけたので、チームメート全員が晴れやかな気持ちだったと思います。事実、写真撮影にみんなが笑顔で臨んでいました。ディズニーランドの時に何だかんだとやりあったのとは真逆です。全員で「男梅蔵」のポーズをして、晴れやかに終えることができました。

さて、卒業前の3月に引退試合がおこなわれました。夏休み以降、高校の野球部に入って練習していた仲間もいましたが、僕を含め久しぶりの野球というメンバーは、投げられないは、走れないはで大変。でも、準備周到《しゅうとう》な僕は、いや、後輩が僕を心配して気遣《きづか》ってくれたため、引退試合前に近くの公園で一緒にキャッチボールをして試合に臨みました。そして、引退試合では、必死で2安打を放ちました。

僕は、夏の最後の大会でノーヒットという醜態《しゅうたい》を晒《さら》したため、そのことがずっと心残りでいました。引退試合は、今までで一番楽しい野球でした。「勝つ」という責任から解放されて、心から野球を楽しめた試合でした。これもすべて優しい監督、すばらしいチームメイトのおかげです。みんなのおかげで、今も野球が大好きでいられています。

8　高校1年生になりました

令和5年度、高校1年生になって嬉しかったのが、宿泊行事があったことです。1泊2日と短く、ずっと雨も降っていましたが、学年全員での宿泊は、僕にとってはとても楽しいものでした。

そして、夏休みには部活の合宿もありました。こちらも、楽しく過ごせました。新しく入った部活はというと、バドミントンです。中学時代は野球部だったのに。

高校生になって、バドミントン部に入部したのには理由があります。1つ目は、小さい頃に初めてやった時から、うまくできたという自信があったからでした。でも、本当の理由は違います。というのも高校野球は、硬球《こうきゅう》！　怪我をする確率が増えることや練習が厳しいこと、甲子園という大きな夢を目指す部活であることなどの理由で、僕はすっかり怖気《おじけ》づいてしまったのです。

まとめて言うと、僕のネガティブ精神が発動し、選択肢《せんたくし》にはバドミントン部しか残らなかったということです。

ここまで読んできて、そろそろ僕という人間についてわかっていただけたと思います。それにしても、野球のことが多すぎましたか。でも、野球にかかわらせて見ると、僕の性格がよくわかるかなと思いました。それが、よいか悪いかは……。

ネガティブ精神が多く炸裂《さくれつ》した自己紹介でした。

第2章

底抜けに明るいファミリーズ（家族構成員たち）

1 おじいちゃんは〝超人〟です

僕のまわりは賑《にぎ》やかで明るい人ばかり。ということで、僕の家族について紹介します。

まず、父方のおじいちゃんは、読者のみなさんもご存知林家木久扇です。黄色い着物を着て『笑点』に出ているときは「おバカキャラ」のおじいちゃんですが、この人をひと言で表すならば、〝超人〟。戦争を経験して、2度の癌治療《がんちりょう》を乗り越えてきました。その他にもびっくりするような経験をたくさんしてきた人です。

最近は、禁酒をしています。以前は家中至る所にお酒を隠《かく》して、こっそり飲んでいた人でした。それが、まさかです。長生きのためという気持ちが強すぎる？

そんな禁酒の甲斐《かい》あって、健康診断の検査結果の数値は年々よくなっています。80歳過ぎて数値がよくなっていくなんて。令和5（2023）年で86歳ですよ！　おじいちゃん以外にそんな人いるのでしょうか……。もしかしたらだんだん若返って、赤ちゃんになって、もう1周人生を楽しもうとしているのではないかと思える超人です。

令和4年、自宅の玄関で転んで大腿骨《だいたいこつ》を折ってしまった時も、お医者さんがざわつく程の脅威的《きょういてき》な早さで復活を果たしました。

その頃は、コロナ拡大の真っ只中《ただなか》。僕は会えなかったのですが、母が病院でガラス越しに面会した時、おじいちゃんは、猛スピードで点滴《てんてき》スタンドを引きずってやってきて、すかさず「ただ寝ているだけなんてもったいない」と言ったそうです。仕事が大好きなので、悔《くや》しい思いもあったでしょう。

さて、落語家というのは、ひとりだけでこなさなければいけません。舞台、即《すなわ》ち高座で落語を聞かせ、お客さんから爆笑を搔《か》っさらうのが、仕事。でも、この人は、登場しただけで、お客さんが笑っている。こんなふうに「絶対外さない落語家」と言えるのは、この人だけかもしれません。僕が最も尊敬できる人物です。

そんなおじいちゃんと僕がよく時間を共にするのが、朝ご飯。というのは、僕の家のご飯がパンなので、米派の僕はパンが嫌《いや》になると、おじいちゃんの家にご飯を食べにいきます。そうなんです。僕とおじいちゃんは同一世帯ではありません。それでも、すぐ近くに住んでいるので、こういうことが可能なのです。

朝９時、朝食の時間になります。おじいちゃんと僕は、ふたりで横に並んで無言で納豆と卵を合わせてかき混ぜます。僕は4〜5分くらいの時間をかけてかき混ぜ、泡立った頃に、鰹節《かつおぶし》や海苔《のり》、醤油《しょうゆ》を混ぜてご飯にかけて食べます。鰹節は、ちゃんと鰹節削り器で固まりから削ります。そうすると、香りがまったく違います。家の犬たちも寄ってくるのが、その証拠です。可愛いからあげたくなっちゃいますが、ちょっと我慢《がまん》。こうしてかき混ぜるのが、おじいちゃんに教わった一番美味しい食べ方です。

ところが、そう教えてくれたおじいちゃんは、ふわふわにかき混ぜたあとに、お味噌汁も混ぜて、ねこまんまにして食べることが多いのです。それでは、なんのために数分間かき混ぜていたのか、僕には不思議でなりません。

納豆をかき混ぜる数分間は真剣。冗談なんて言いません。

2 おばあちゃんのマイルール

次は、おじいちゃんを支えるおばあちゃんについて。この人はとにかく心配性で、とくに食事についてずっと心配しています。お昼ご飯を食べている最中のおじいちゃんに「お父さん、今日の夜ご飯、何がいいかしら〜」と、聞いています。そんなおばあちゃん、絶好調な時には、目覚めて部屋から出て来てすぐのおじいちゃんに対して、同じ質問をします。

また、掃除《そうじ》や整理・整頓《せいとん》がとにかく大好き。趣味なんじゃないかと思うくらい。最近、白内障の手術をして視力が回復したということで、床に落ちている小さなゴミまで発見できるようになったと喜んでいます。

そんな感じですから、食事中には右手に台布巾《だいふきん》をスタンバイ。誰か（主におじいちゃんか僕）が、海苔の欠片ひとつでも落とそうものなら、おばあちゃんのセンサーが発動。白光一閃《いっせん》、「ちょっとどいて」と、ゴミを拭《ふ》き取ります。

ですから、なるべくこぼすまいと思って食べるのですが、納豆に海苔は必須《ひっす》なので、ちぎっているとこぼれてしまうのです。

また、片付けにはおばあちゃんのマイルールがあります。

例えば、棚や倉庫などに、ものをぎっしり詰めてはいけません。隙間《すきま》が欲しいのです。どうしても何かを置かなければならないならともかく、そうでなければ何も置きません。おばあちゃんのルールを破った人は、誰であっても叱《しか》られます。

そこにあるのは、ただただ隙間が欲しいという気持ち。不思議な思考の持ち主です。でも、もしかしたらおばあちゃんにとって隙間は心のゆとりの象徴なのかもと、僕は思っています。

このようなおじいちゃんとおばあちゃんで構成される夫婦は、よく口喧嘩《くちげんか》をしています。おじいちゃんにとっては、朝に夜ご飯をどうするか聞かれたってわかりません。だから、おじいちゃんは困った挙句に「とんかつにしよう」と、いい加減なことを言います。それに対しおばあちゃんは「お父さんは、とんかつ食べないじゃなーい」と言って喧嘩勃発《ぼっぱつ》。そんな流れが恒例《こうれい》となっています。

一方のおじいちゃんは、おばあちゃんの忠告をなかなか聞きません。何度言われても食べ物をこぼして、食卓を拭かれながらおばあちゃんに怒られます。すると、おじいちゃんが反抗。こんな感じで文句を言い合っています。

でも、どちらかが居なくなった途端にお互いにしょんぼりし始めます。おばあちゃんは心配性が溢《あふ》れて、「お父さん、ごはんちゃんと食べてるかしら」と例のごとく食事についてや、「ちゃんと眠れてるかしら」などと生活について心配します。一方のおじいちゃんはというと、「お母さんはアイデアマンでね、いろいろなことを思いつくんだよ……」といったふうに、おばあちゃんのことをベタ褒《ぼ》めします。

結局、ふたりは仲がよく、言い合う相手がいるから健康でいられるのだと僕は思っています。

おばあちゃんの喜寿《きじゅ》のお祝いの席で。

3 父方には、もうひとりの家族

父方にはもうひとり、家族がいます。父親の姉、即ち伯母《おば》です。おじいちゃんのマネージャーをしています。

僕は、この人と趣味が合います。肉好き然《しか》り、スターウォーズ好き然りです。

伯母さんはさまざまなキャラクターが好きなのですが、とくにディズニーのキャラクターが大好きで、グッズをたくさん持っています。そのなかに、僕がいいな～と思っているものがあります。それは、スターウォーズに出てくるキャラクターR2D2《アールツーディーツー》の動く冷蔵庫です。大きさは僕の身長くらい。リモコンで操作すると、しゃべりながら動いてこっちに来るんです。かっこいいー！　やはり僕と好みが合います。

また、伯母さんは動物も好きで、今は犬を2匹飼っています。レイアとプリンという名前のトイプードルです。「レイア」はスターウォーズから取った名前。毛が茶色いので、チューバッカにしようかと悩んだそうですが、かわいい見た目とのギャップがありすぎるので流石に諦《あきら》めたようです。

一方のプリン。この名前は、おじいちゃんの強い推薦《すいせん》で決まりました。

平成28（2016）年、おじいちゃんの喉頭《こうとう》癌が寛解《かんかい》。間もなくして、僕たち家族に元オフコースの鈴木康博《すずきやすひろ》さんが加わってくださり、寛解祝いに一緒に歌を出したのです。グループ名は、「木久ちゃんロケッツ」。メンバーは、おじいちゃんとお父さん、僕とお姉ちゃん、そして鈴木康博さんです。もちろん、作詞はおじいちゃん。曲名は「空飛ぶプリンプリン」で、おじいちゃんが強い思い入れのあるプリンについて歌った、とにかく平和な曲でした。この歌はＮＨＫの『みんなのうた』でも放送されました。

伯母さんは、おじいちゃんやおばあちゃんのお友だちの人気者。たくさんの知り合いに頼られて可愛いがられています。そんな伯母さんですから、おじいちゃんが曲を作るくらい強い思い入れのある「プリンがいい」となれば、スターウォーズに登場する「ポー」にするのを諦めたのは、言うまでもありません。

「空飛ぶプリンプリン」の収録。伯母や他の家族は収録室の外から見守ってくれていました。

4　母方の中日ファンのおじいちゃんと平和主義のおばあちゃん

まず、薬剤師だった母方のおじいちゃんについてお話しします。

おじいちゃんは、食について厳しく、自分が気に入らないと酷評《こくひょう》し、気に入ると、ずっとにっこりとしている人です。しかも、その食事について何日も同じことを熱く語ります。聞いている方は、「またか」「長いなー」と感じるのですが、みんなそれを口にしないし、してはいけないことをわかっています。

おじいちゃんがとくにうるさいのは、味噌汁。味噌汁は赤味噌でないといけないのです。名古屋出身だからでしょうか。でも、僕も赤味噌が好きだし、それ以外でも、おじいちゃんと食の嗜好《しこう》が合うことが多くありますので、助かっています。

そんなおじいちゃんをひと言で言うと、「いろいろなことに対して熱意がある人」です。車の手入れや趣味にも没頭します。腰が痛いと辞めてしまいましたが、つい最近まで陶芸《とうげい》に凝《こ》っていました。今は、おじいさん仲間と一緒に卓球に打ち込んでいるのだとか。

また、名古屋出身ということと、若い頃に野球をやっていたというのが合わさり、大の中日ドラゴンズファン。最近の中日は低迷しているので、よく嘆《なげ》いています。

そして母方のおばあちゃん。こちらは、とっても平和主義。怒っているところを見たことがありません。いつも笑っていて、ポカポカです。ですから、食に厳しいおじいちゃんの要望もしっかりと聞いています。

そんなおばあちゃんは以前、パンフラワーという造花の先生をしていました。これは、粘土で花を作るというもの。絵の具の混ぜ加減といった基礎が難しく、そこから花びら1枚1枚の形を作ってなどと、器用にあれこれできるのがすごいなと思っています。

僕は大の不器用で、美術も苦手。なんでおばあちゃんに似なかったのかと思うことがあります。

おばあちゃん、今はダンスをやっています。70代のダンスというのが、どういうものかはよくわかりませんが、健康第一ですからね。

5　この人がいないと我が家は回らない、母親

続いては両親のことを紹介します。第一に母親から。というのも、この人がいないと我が家が回らないからです。なにせ家事を一手に引き受けてくれていますから、一番いなくなると困ってしまう御人《ごじん》です。

最近、母親が寝込んでしまったことがありました。すると、洗濯物や食事など、さまざまなところに問題発生。家事全般が我々にのしかかります。

まずは、お弁当。毎日、母親がお弁当を作ってくれているのですが、母親が寝込んでしまったので、いつもどおりにはいきません。コンビニでおにぎりやパンを買って食べましたが、すぐに飽きてしまいました。つくづくお弁当の重要さを痛感しました。もちろん、お弁当だけでなく、朝ご飯や夜ご飯にも問題が生じます。朝ご飯は姉と早起きをして、自分たちで準備しました。早起きは辛い……。

そんななか、助かったのは父親の存在です。夜ご飯に僕の好きなお店に連れて行ってくれたことをはじめ、洗濯や掃除をしてくれたりと、僕や姉が学校でいないなかで

家事をこなしてくれました。母親には是非とも健康でいていただきたい。

ところで、僕は幼い頃から、母親にはよく怒られました。とくにピアノのレッスンでのことが多かったです。「ここがダメ！」と、僕の弾き方が母親の主観によって怒られるのならば僕にも反撃の余地があるのですが、僕が怒られる理由は、練習を一切しないことについてだったので、怒られても仕方がなかったのです。

それでも反抗して、お昼ご飯がなかったこともありました。今はもうピアノは辞めてしまいましたが、練習しなかったことに関しては、母親及び先生に謝罪すべきだと思っています。誠に申し訳ありませんでした……。

そんな母親は、コロナ禍《か》で食事について試行錯誤《さくご》していました。そんななかで、料理のレパートリーを増やそうと、家電調理器をいろいろと購入していました。その時の家電について、いくつか紹介したいと思います。

まずは、なんといっても低温調理器。低温調理器というのは優れもので、パサパサしがちな鶏胸肉が、ジューシーなサラダチキンになります。このサラダチキンが、すこぶる美味しい！　コロナが収束してからもよくリクエストしています。

次に、お寿司屋さんに行った時に見かけた卓上の燻製器《くんせいき》。母親は、しめた！　と思ったらしく、さっそく購入。その薫製機でスモークサーモンを作り、美味しく出来上がりましたが、家中もスモークされてしまい、なかなか匂いが消えませんでした。それ以降、薫製器に出番はやってきていません。

それから、ガスバーナー。これで鰹のたたきを作る、もしくは出来上がっている鰹のたたきに追い焦がしをするのです。追い焦がしをすることで香りが出て、とっても美味しかったです。

このように母親はいろんな家電調理器にチャレンジし、コロナ禍の食事を乗り切っていました。さすが僕の母親、底抜けに明るい我がファミリーズの一番の構成員です。

6　林家木久蔵《はやしやきくぞう》という自由人

僕の父は、林家木久蔵です。この人はとにかく自由人。親しい人たちと食事会をしていても、赤ワインの一撃で撃沈。ぐっすり寝入ってしまいます。

そして靴のコレクションが趣味で、コロナ禍のときには毎日届いていたのではないかという勢いでした。母親の調理器具はみんなにも御利益《ごりやく》がありますが、父親の靴など、みんなに無関係の代物。家族としては無駄としか言いようがなく、全く褒められたことではありません。現在は衣裳部屋にも倉庫にも置き場が無くなったため、流石《さすが》に届くペースはダウンしましたが……。一体、何回母親に怒られていたでしょうか。それでも全くめげないあたり、自由人魂を強く感じます。

批判は以上。なぜなら、僕だけには靴いっぱいの御利益があるからです。父親の靴のサイズは27・5センチ。つまり、僕の足のサイズが27・5センチになれば、その靴の多くを頂くことができます。たとえそこまで足が大きくならなくとも、中敷きを入れて履いてみせます。乞《こ》うご期待。

そんな父親と僕は、小学生の頃はキャッチボールをするなど、家の周辺で何かを一緒にすることが多かったのですが、最近は釣りやビリヤードなど、あちこちに行くようになりました。ふたりで島根に行ったこともありました。

他に一緒にするのは、プロ野球観戦です。父親の影響で僕も大の巨人ファンになり、年に数回、ふたりで東京ドームに巨人戦を観に行きます。ところで、2連覇するなど巨人が強かった時は、僕が試合観戦に行くとよく負けたのですが、BクラスとAクラスを行ったり来たりするようになったここ数年は、僕が観ていても勝ち試合が多くなりました。

世の中って不思議な仕組みです。なぜ強い時に観ると勝てなくて、弱くなった時に観ると勝てるのか。

まあ、兎《と》にも角《かく》にも、こうやって父親といろいろなところに一緒に行くことは、とても楽しいことです。

ところで、この父親と母親が夫婦として合わさることで、ものすごい威力《いりょく》を発揮しています。その1つが、その名も〝雨夫妻による降雨祭り！〟です（たった今、名づけてみました）。

どうすごいのかというと、あの青い空と海のリゾート地ハワイに行ったとき、初日から最終日の滞在時までずっと雨が降り、なおかつ帰りの空港で初めて晴れるという奇跡的《きせきてき》な現象を引き起こしたのだとか。

もう少し説明すると、僕が生まれる前に両親がハワイ旅行に行った時のこと。青い海のハワイに10年に一度のスコールがやってきて現地の人たちもあまりの土砂降りに驚いていたそうです。でも、せっかくハワイに来たのだからとむりやり海に行こうとなりましたが、あまりの寒さに風邪をひいてしまったというオチまであります。

是非ふたりには、ほとんど雨の降らない国や乾季のある国に行き、恵みの雨を降らせてほしいです。この事実は、地球を救えるかもしれない大発見なのです。

父親は、僕が生まれる少し前に、先代の林家木久蔵だったおじいちゃんのあとを継《つ》いで、二代目林家木久蔵となりました。そんな父親に、僕は落語の話し方や仕草をいちから教えてもらっています。そんな稽古《けいこ》については、また後程。

7 年上なんだから弟に譲《ゆず》りなさい

僕には年子の姉がいます。でも本当に姉弟なのか、疑問しかありません。なぜかというと、大体のことが逆だからです。まず、僕は運動が大の苦手。でも、姉はスポーツが大好きで、万能です。僕は考えることが好きですが、彼女は考えることが大嫌《きら》い。僕は身長が低いのに、彼女はとにかく高い。僕のことを上から見下ろして、「小っちぇーな」と暴言を吐《は》きます。なんたる屈辱《くつじょく》か……。

といったように違いが多すぎて、共通点を見つける方が大変です。

そして、年子の場合はどうしても喧嘩が起きます。もちろん大抵は、口論で僕が勝利します。考えて挑《いど》みますから。しかし、その度に姉に蹴られて終わります。う〜ん、これまた屈辱！　僕の屈辱は、他にもあります。最たるものは、僕のものがことごとく奪われてしまうことです。例えば、僕がソファーでくつろいでいると、そこに姉はやってきて僕をグイグイと押しのけ、気づくと僕はソファーの外にいます。

そんななか、両親は姉の横暴ぶりをいつも傍観《ぼうかん》。ある時、僕はそんな親に「なんでクミを注意しないんだ！」と聞きます。すると、答えは決まって「だって女の子だから」。

ちょっと待て。向こうのほうが年上で、なおかつ体格も大きい。「どうして僕が我慢せねばならないんだよ！」と反論しても、決まり文句しか返ってきません。

普通の姉弟というのは、年上が年下に譲ったり、年下を可愛《かわい》がったりするものではないのでしょうか。「お姉ちゃんなんだから（年上なんだから）、弟に譲りなさい」という親からのひと言を、一度でいいから聞いてみたい。

年下にもアドバンテージをください！

2019年９月の稲刈り（→P56）後、みんなでおにぎりを戴くところ。

2015年のお正月、そろって着物を着て。仲のよい姉弟に見えます。

8　我が家のペット、フクロウのモンちゃん

我が家には、家族構成員がまだいます。それは、少し変わったペット、フクロウのモンちゃんです。可愛らしい呼び名ですが、本名はモスケという男の子。クリクリした目をぱちくりさせるのを見ると、みなさんが可愛いと言ってくれるのですが、エサの話をすると表情が急変、「マジか！」と言います。

そのエサというのは、白いネズミ。冷凍にされているのですが、綺麗《きれい》に横になっている個体もあれば、血を流している個体もあって、助けを求めるかのように手を伸ばしている個体もあるんです。とてもミッキーマウスの原型とは考えられません。あ、もちろん僕たち用の食品と一緒に冷凍はしていません。彼専用の冷凍庫があります。

そんなネズミを、夕方ごろに解凍して、夜ご飯としてあげるのです。

すると、モンちゃんは、ネズミを鷲《わし》づかみ（フクロウづかみ？）にして、しばらく1点を見つめます。その後、思い出したように丸呑《まるの》み。でも、お腹があまり空いていないと、頭だけ食べて、あとはポイッ。それは、頭が取れていますから、諸々が飛び

出て、なかなかグロテスク！　しかし、僕たちはもう慣れてしまって、ちょっと嫌だな程度にしか思わなくなっているのです。

そのフクロウを飼い始めたのは、父親の二代目木久蔵です。でも、今では家族みんなで世話をしています。とはいっても、一番世話をしているのは、父親。フクロウは犬などのペットと違って、トイレの躾《しつけ》ができません。フクロウのフンにも種類があり、白っぽいフンはまだいいものの、黒っぽいフンはとってもイヤ。なぜなら、黒っぽい方が匂いが強いから。

また、フクロウにはフン以外にも、部屋を汚すものがあります。というのも、鳥類はフケのような白い粉を落とすのです。これは、羽が生えてくる時、その新しい羽を包んでいる物が崩れることで出てくる羽鞘（うしょう）と呼ばれる粉だそうです。この粉は、フクロウが体を爪《つめ》で掻《か》いたりする時などに出てきます。また、フクロウはペリットというものを口から出します。これは、食べたものの骨や毛のようなものを消化せずにまとめて出したもの。これらの、放置されたネズミ、フン、粉やペリットなどは掃除をしなければなりません。

ところで、みなさんはご存知ですか。フクロウは、嘴《くちばし》や爪が伸びすぎると、ご飯が食べにくかったり、ものをつかめなくなったりするのです。爪の手入れは、慣れたブリーダーさんにお願いしています。ペットの犬を手入れする時にお願いするのと同じようなことです。

そんな大変なことは極力避け、僕はモンちゃんが家族でいることに満足して暮らしています。

モンちゃんの魅力は、何といっても可愛いところ。まん丸な目で見つめられると、たまりません。頭を撫《な》でると、満足そうにします。とくに眉間を指で優しくかいてあげると、とっても気持ちよさそう。自分で触れないところだからでしょうか。

また、モンちゃんはみんなの服や指を噛《か》んで遊ぶのが大好き。噛むといっても、嘴で挟《はさ》むだけの甘噛みなので、痛くありません。モンちゃんが幼い頃はまだ力加減がわかっていなかったのか、指を出すと強い力で噛んでしまいましたが、成長しました！　撫でたりかいたり、甘噛みしてくれたりが、僕たちのスキンシップなのです。

他にも、モンちゃんは僕たちが近くを通ると、安全かどうか少し考えてから肩に留まろうとします。例えば、僕がリュックサックを背負っている時には必ず留まりにきます。留まる場所が広いから、安全だと思っているのでしょうか。しかし、よく面倒を見ている母親の肩には、悩みはするのですが危険と判断するのか、留まろうとしません。不思議です。

モンちゃんは、日中はベランダ、夜は家のなかの階段室にいます。夜、階段の上の方に誰かがやってくるのを見つけるとすぐに飛んできます。正確に言えば、跳んできます。なぜ言い換えるのかというと、階段を下から一気に上まで飛んでくるのではなく、階段を1段ずつピョンピョンと跳《は》ねて登ってくるからです。

そうして上までやってくると、座っている僕の膝の上に跳び乗って、ズボンを噛んだりして遊んだあと、そこから肩に跳び乗ります。それから頭にも乗ろうとチャレンジします。でも、爪が刺さってしまうこともあるため、痛い。だから、僕は肩にも乗せないようにするために、静かな格闘《かくとう》をモンちゃんとしています。

格闘といえば、なぜか秋の初めになると、僕が階段を通る際に足元を襲ってくるのです。スリッパを履いていていても、モンちゃんの爪が足に刺さることがあります。そのため、僕はモンちゃんをまたいだり、指でモンちゃんの気をそらすなど、さまざまな策を講じて足を襲われないようにしています。でも不思議なことに、こういう態度を取るのは、僕と父親の男だけに対してなのです。是非、贔屓《ひいき》は辞めてほしいですね。

さて、フクロウの寿命は、30年程といわれています。そんな長い間ですが、フクロウだけに、ずっと我が家に「福」が舞い込み続けるようにしてほしいです。

最後に、モンちゃんは階段室のなかでも、外を見られる小窓がお気に入り。窓越しにフクロウの姿が見える家は、よその人にどう思われているのでしょうか。たまに家の窓を見つめている通行人に、インタビューしてみたいです。

黒く、まん丸な瞳がかわいいモンちゃん。しかし、なかなか正面を向いてくれません。

第3章

僕のファミリーの「不思議」

1　僕とおじいちゃんの、こだわり納豆定食

僕は、休日におじいちゃんの家に朝ご飯を食べに行くことがよくあります。その朝食のラインナップは、白米と味噌汁、それから納豆と卵といった、至ってシンプルなものです。しかし、そんな朝食にはこだわりがたくさん。

まず、何より大事なのが、白米。新米のシーズンには、自分たちでお米を収穫して食べるほどです。それが格別に美味しく、大好きです。

というのも、両親と僕たち姉弟は、毎年9月になると新潟県上越《じょうえつ》市にある柿崎《かきざき》という場所へ行って、稲刈りをしています。その柿崎でお米を育てているＪＡの農家さんたちのご協力で、「ななひかり」と名づけたお米を育てているのです。育てているといっても、僕たちは田植えと稲刈りだけして、他の全てのことを農家の方にやっていただいています。言ってしまえば、いいとこ取りです。

このようなことができるようになったのは、父親がその農家さんと知り合ったことによります。小学生の時、学校で稲刈りをする機会があったのですが、僕は毎年の田

んぼでの経験を活かし、次々と稲を刈りました。そのようすを見た友だちに「おじいちゃん」とあだ名をつけられ、その呼ばれ方はしばらく続きました。

そんな田んぼでの活動後には、楽しみがありました。毎年、田植えが終わると、農家の方が釜《かま》でお赤飯を炊いてくださり、朴葉《ほおば》で包んだものをみんなで食べます。秋には、稲刈りが終わると、これまた農家の方が釜で炊いてくれた新米のおにぎりを、みんなで食べるのです。和気藹々《わきあいあい》の恒例《こうれい》行事です。

ここ数年はコロナ禍《か》で田植え・稲刈りがおこなえなくなっていました。２０２３年の稲刈りからは行事が復活（両親は行ったのですが、僕と姉がテストなどで行けませんでした）。

次に、朝ご飯のもう１つのこだわりである、納豆に混ぜるものについて。とくにこだわっているのが、鰹節《かつおぶし》。10年ほど前までは、おじいちゃんが自ら鰹節削りをやってくれていました。でも最近は、その役を母親と僕がやることにしたのです。

新潟で鍛《きた》えた稲刈り技術のおかげで、同級生に「おじいちゃん」と褒《ほ》められ（？）ました。

そこで、おじいちゃんから鰹節削り器を譲《ゆず》り受け、修理して削っています。世界一硬《かた》い食べ物ともいわれる鰹節です。削るには、鋭い刃が必要。手を切らないように集中して削ります。それでもこの時の「シュッシュッ」という音が気持ちよく、楽しんでいます。そうして削った鰹節は、香りが市販のものと全く違います。鰹節の力強い、いい香りが、鼻に抜けます。そんなところに、僕は病《や》みつきになっています。

そんな鰹節削りにも、弱点があります。1つ目は、鰹節自体が有限であること。しばらくはいいのですが、削り続けていると次第に鰹節が小さくなっていき、削れなくなってしまいます。そうなると、新しいものを買いに行かなければなりません。鰹節は、おじいちゃんのこだわりの、大和屋《やまと》という日本橋《にほんばし》の鰹節屋さんのものを買いたいのですが、日本橋は遠い。しかし、他の店のものでは、その店のような鰹節には出合えません。そうしてしばらくの間、市販の鰹節のパックを使わなければならないので、我が家では、満足のいく納豆を食べられない期間ができてしまうのです。

2つ目の弱点。それは、削り器の刃の調整です。堅い鰹節を削っていると刃の位置に問題が生じ、年に一度程度のメンテナンスが必要です。その間も、削り立ての鰹節を使った納豆定食はお預けです。それが食べられるまで、これまたスパンが空いてしまいます。

それにしても、鰹節を削ったことのある高校1年生というのはいるのでしょうか。今まで、もちろん僕以外に出会ったことがありません。僕は貴重な存在です。

そして、鰹節と一緒に混ぜる海苔《のり》にもこだわりがあります。僕があると嬉《うれ》しい海苔が、島根から送られてくる岩海苔。危険な岩場にある岩海苔を人の手で集め、くっつけながら伸ばすといった大変な手間をかけて作られた逸品《いっぴん》で、年に一度島根から送られてきます。僕は、初めてそれを食べた時には衝撃《しょうげき》が走りました。こんなに香り高い海苔があるのか！　と。それ以来、岩海苔が来ると大喜び。

それらと一緒にかけるお醤油《しょうゆ》はというと、これもおじいちゃんのこだわりで、高知県のアンテナショップで買う出汁《だし》醤油を使っています。ビンにあらかじめ宗田節《そうだぶし》が入っていて、自分で醤油を注ぐスタイル。香りやうま味が濃く出て絶品です。

最後に、卵。母親が下北沢《しもきたざわ》にある卵屋さんで買ったものが、おじいちゃんのお気に入り。味が濃くて色も濃い。母親は、毎週のように下北沢へ行っています。

2 お茶はやっぱり美味しい！

みなさんのお家には、急須《きゅうす》があるでしょうか。僕の家には、形や素材が違う急須が4つ程あります。僕はジュースのようなものをあまり飲まないので、飲み物といえばほとんどがお茶です。夏は冷茶、冬はやっぱり温かいお茶。そんな訳で、冬には急須が大活躍。それがあたり前だと思っていたのですが、ある時、まわりの子の家には急須がないという事実を知りました。そのことに驚くとともに、なぜ、お茶の美味しさを知らないのかと、ちょっとした嘆《なげ》きもありました。

ある日、そんなお茶好きの僕に、素敵な出会いがありました。父が仕事の関係で鹿児島に行った時、西製茶《にしせいちゃ》というお茶屋さんと知り合いました。ここのお茶を初めて飲んで驚きました。こんなに香りと甘味、そして苦味のバランスがよいお茶があるのかと。それ以来、ここのお茶が手に入ると嬉しくなります。一方、そのお茶がなくなるとガッカリしてしまうので、うちにはたくさんのストックがあります。

令和3（2021）年12月、僕も出演させてもらった鹿児島での落語会の後、楽しみにしていた例のお茶屋さんの茶畑見学に行きました。そこは山の上で、かなり寒いところでした。

僕は、お茶作りには寒暖差が重要なのかなぁ、車も通らず空気が綺麗《きれい》なのが重要なのかなぁ、などと考えながら、見渡す限りの茶畑を眺めました。そのあとには、お茶の工場も見学せてもらいました。あまり見られない、貴重な体験でした。

ではここで、そんなお茶の楽しみ方について。なんといってもお茶のお供は和菓子。相性が抜群《ばつぐん》です。とくにあんこは、その甘みとお茶の苦味がマッチすることで、とても幸せな気持ちになれます。友だちにも、和菓子が好きだという子は多くいるのですが、淹《い》れたてのお茶と共に食べている子に、僕は出会ったことがありません。

ある日、僕はお茶への情熱から、家庭科の調理実習にほうじ茶を持参したのです。なぜなら、それ以前の調理実習で、家庭科室にあるお茶を飲んだのですが、全く美味しくなくて、次回にはお茶を持っ

見渡す限り整然と並ぶ茶畑で、姉とふたりで。空気がキンと冷えていました。

ていこうと決めていたのです。それに、僕は学校のみんなに、お茶の魅力について説明してあげたいとも思っていました。

ところが、蓋《ふた》を開けてみると、みんなの反応が薄く、少しがっかりしてしまいました。最近の子は、そんなものなのでしょうか。

さて、前述の西製茶は、抹茶《まっちゃ》も絶品。これで点《た》てた（抹茶に湯を加え、茶筅《ちゃせん》で手早くかき回すことを「茶を点てる」という）お抹茶も絶品なのです。

実は、僕は陶芸《とうげい》を趣味でやっていた母方のおじいちゃんから、抹茶の魅力について教わっていました。とはいっても、お茶碗《ちゃわん》に抹茶と少し冷ました白湯《さゆ》を入れて茶筅で点てるだけの簡単なこと。しかし、そのことからお抹茶と和菓子が相性抜群であることを学びました。そんなこともあり、趣味のお城巡《めぐ》りでお寺を訪ねた際、お抹茶と練《ね》り切《き》りのセットを見つけてしまい、うっかりしばらくの間休憩してしまいました。そのあたりから、家でもお抹茶を飲みたいと思うようになりました。

その後、その話を母方のおじいちゃんにしたところ、おじいちゃんいわく自身最高傑作《けっさく》のお茶碗を僕にくれたのです。しかも、茶筅や茶杓《ちゃしゃく》もプレゼントしてくれました。

ただし、その際にはちょっぴり長〜い解説もプレゼントされました。

「このお茶碗のすごいところは釉薬《ゆうやく》の具合が……」

「これでお茶を点ててしばらくすると、お茶碗がだんだんと緑がかってきて……」といったような。

しばらくしてそのお茶碗は、おじいちゃんの話のとおり本当に緑がかってきました。そこで、僕はそれをおじいちゃんに見せるため、写真を撮って送りました。すると、それを喜んだおじいちゃんが我が家にやって来ました。そしてお茶を点てようとしたのですが、どういうわけかその時だけ泡もたたず、失敗。おじいちゃんにいいところを見せようとしてお茶を点てたのですが。お茶って、奥が深いのですね。

これからは、抹茶だけではなく、急須で淹れたお茶のすばらしさや抹茶の点て方についても、若者に伝えられたらいいなと思っています（これじゃ、僕が若者じゃないみたいですが……）。

この話、僕だけでなく、写真を送ったらすぐに家に来た、おじいちゃんの行動も面白いと思いませんか。

3 人で溢《あふ》れるお正月

ここでは、我が家ならではの生活について書いていきたいと思います。とくに独特な生活だろうなと僕自身が思う、年末年始について触れます。僕のおじいちゃん・林家木久扇には8人のお弟子《でし》さんがいて、その孫弟子もいます。そんな人たちが全員おじいちゃんの家に集まって、年越しそばを食べるのが、毎年の大晦日《おおみそか》です。また、年が明けた正月三が日の朝にはおせち料理をみんなで食べます。そのため、三が日に、母親と姉と僕は、朝早くにおじいちゃんの家に行き、朝ごはんの準備を手伝います。

とはいっても、僕が料理しようとすると、みんなから「台所が汚れる」だの「包丁はあなたには危ない」だのと言われるので、お皿やお箸《はし》などを運ぶ程度のお手伝いしかしません。では、なぜ早いうちからおじいちゃんの家に行くのか？ それはおばあちゃんに呼ばれているからです。でも、実は僕の真の目的は〝味見〟！ 僕は毎年お正月に、味つき数の子や黒豆などを味見するのが楽しみなのです。とくに数の子はみんな大好きで、すぐに無くなってしまいます。だから僕は、数の子を切っている途中で味見と言いながら、パクリ、パクリ。それ以外にもお茶を淹れたり、ソファーに寝転んだりなんかして、のんびりと過ごすのが結構心地いいのです。一応、準備も手伝っていますからね。決してサボっているわけではありません……多分。そんな僕の下心がわかっていて、おばあちゃんは呼んでくれているのかもしれません。

その準備からしばらくすると、お弟子さんたちがやってきて、みんなでおせちを食べます。最後には、おじいちゃんからのかけ声があって、おじいちゃんやお弟子さんたちは寄席《よせ》へ向かっていくのです。こうして三が日の朝を過ごします。

ある年のお正月。僕の左に父、その後ろがおばあちゃん、姉、伯母、おじいちゃんと、この日集まったお弟子さんたち。

元旦の夜には、家族やお弟子さんとその家族、知り合いなどを集めて晩餐会《ばんさんかい》のようなものを開きます。おじいちゃんの家は人で溢れかえり、なんともいえない熱気や活気。このように、多くの人が集まって盛り上がるのが、我が家のお正月の醍醐味《だいごみ》です。

僕は、生まれた時からこういう状況にいるおかげなのか、あまり人見知りをしませんし、僕たちにとってよい影響があるなぁと思っています。とは言え、大人ばかりというのは居心地がよいとは言えませんが、多くの人と会うことにはよいことがあります。そう、なんといってもお正月最大のビッグイベント・お年玉です。たくさんの人が来ますから、それに比例してたくさんのお年玉を頂けます。

ところが我が家では、お年玉はすぐに親に回収され、銀行に入れられてしまうのです。ですから、今までお年玉を使ったことがありませんし、銀行口座にいくらあるかも知りません。もしかしたら、少しくらい自由人たちに使われてしまっているかもしれません。それでも、僕は家族を信じ、銀行の残高を聞くなどの確認をしていません。

神様、どうか僕が大人になった時、銀行口座がもぬけの空でないよう、よろしくお願いします。お父さま、お母さまも、そのままキープでよろしくお願いします。

4　我が家のお小遣《こづか》いの秘密

みなさんは小さい頃、お小遣いを何に使っていたでしょうか。自分の好きなものを買ったり、プレゼントに使ったり、貯金したりするのかもしれません。

僕の場合、お小遣いはどこからやってくるのかというと、高校生の今はおじいちゃんとお父さんの両方からもらっています。しかし、小学生の頃は、おじいちゃんに会う度に300円をもらうというルールでした。この300円という数字は、実は自分で決めたものだったのです。

というのは、僕が幼稚園児だったある時、僕と姉がおじいちゃんから、「100円玉3枚と500円玉1枚、どっちがいい？」と聞かれたのです。僕らは、迷うことなく「3枚！」と即答《そくとう》しました。僕らには、あの「黄色のDNA」が入っていますから、3枚の方が多いだろうと思ったのです。

という訳で、しばらくはおじいちゃんに会うと300円をもらうのが続いていましたが、中学1年生あたりからは、当然500円の方が多いとわかるため、そっちに変更してもらいました。

次に、そのお小遣いの使い方について。

小学生の頃は、当時大好きだったプロ野球チップスにそこそこの額を使っていました。最近は、コレクションするものがないので、家族みんなへの誕生日などのプレントや、友達とのご飯などにも使います。この時にばかにできないのが、姉に「買ってこい」と言われるドーナッツなどのお菓子！　これは大きなシェアを占めています。

残りは貯金。

ところで、不思議なことにうちの家族はみんな、誕生日が7月以降の下半期にあるのです。でも僕だけは、3月生まれ。そのため、僕のお小遣いは、上半期が貯金するシーズンで、下半期はその貯金がなくなるシーズンなのです。下半期になると「またやって来やがったか、誕生日！」という気持ちになります。

しかし、そうやって貯金が減ることよりも悩ましいことがあります。それは、プレゼントを何にするかです。とくに、おばあちゃんは物で溢れることが大嫌《きら》いな人なので、「置く場所がない！」などと言われそう。そこで食べ物をあげようとするのですが、それも何にしたらよいか決めるのが難しい。そうして毎年、いろいろ考えた結果、果物のような季節の食べ物や、電動ホッカイロのような季節にあった小物をプレゼントしています。そのようにプレゼントに困らないよう、父親と母親には毎年同じものをあげるようにしています。一昨年、初めて母親に化粧品をプレゼントしてみたところ、すごく喜んでいたので、それ以降は化粧品に固定です。

そして父親はというと、ある時「俺《おれ》が一番欲しいのは、家族の笑顔だ！」と言いだしたことから、美味しいフルーツを贈ることにしました。僕自身が美味しいものを食べて、いい笑顔を見せてあげようじゃないか！　と考えたからです。という訳で、父親にはプレゼントする側の気分を加味した食べ物をセレクトすることになりました。

2023年10月、おじいちゃんの86歳のお祝い会で。左から母、僕、姉、おばあちゃん、おじいちゃん、伯母、父。僕からは秋の味覚栗をプレゼント。

5　美味しい北海道

２０２２年の夏は、新型コロナウイルスの感染拡大がいまだ収まらず。でも、ある程度ほとぼりが冷め始めた感じのする時期に、北海道へ旅行に行くことになりました。行程は札幌《さっぽろ》で1泊し、翌朝から車でニセコへ向かい、そこで2泊するというもの。

まずは札幌。最初に北菓楼《きたかろう》というお店に行きました。そこは、1階でおかきなどのお土産を買うことができ、2階でお茶をすることができます。でも、僕たちがそこへ着いた時間が夕方だったため、カフェの方は閉まっていました。仕方がないので、1階で大きなソフトクリームをぺろりと食べました。

なぜ夕方で、夜ご飯が近いのにお茶をしようとするのか。ここで我が家の旅行について説明しておこうと思います。

我が家の旅行のテーマは、〝食〟（お茶会多め）。24時間、お腹がいっぱい。

そして、おじいちゃんはずっと歩いていると疲れてしまうため、お昼ごはんを食べるとお昼寝タイムがやってきて、ホテルに向かいます。これはおばあちゃん主導の絶対ルール。ですから、2時頃になるとおばあちゃんは、「お父さんもう2時よ、早く寝なさ〜い」と、それればかり言っています。

こうしてホテルにおじいちゃんを送り、僕たちは何か食べるか、買い物をするかの二択《にたく》。買い物中の休憩では、たとえご飯前でも、ご当地の美味しいスイーツと共にお茶をします。我が家の家族旅行では、甘い物を食べ、飲み物を飲んで、タポタポのお腹でご飯屋さんへ向かう、そんな調子であっという間に1日が終わるのです。

この日はおじいちゃんのお昼寝が終わると、例の如《ごと》く中途半端なお腹でお寿司屋さんへ。そこは、昔の蔵をリノベーションしてあり、内装も綺麗。雰囲気がよく、北海道の魚介を使ったお寿司が売りで、イクラやタラコといった魚卵が絶品。タラコは塩加減が普段食べているものとは違い、なんともいえない美味しさです。

そんな調子で僕たちはお寿司を堪能《たんのう》。満腹になったものの、札幌名物の「シメパフェ」を食べようと、長い行列ができている店に並びました。「シメパフェ」とは、背の高いグラスに入ったアイスクリームやソフトクリームに、果物やチョコレート、生クリームなどを添《そ》えたアメリカンタイプのものをさします。札幌から始まった文化が全国に広がって、今ではたくさんのお店があるそうです。「夜パフェ」とも言うそうです。

結局お店に入れたのは23時ごろ。ずっと並んでいると、だんだん帰りたくなると同時に、眠くなってきました。僕は正直言って、こんなに長く並ぶことに価値があるのかなと思っていたのですが、パフェは美しく、とても綺麗だったのが印象的でした。

そうそう、シメパフェは大人がお酒を飲んだあとに食べるものらしいです。僕は、その文化に触れることができて満足でした。子どもの僕が言うことかはわかりませんが。

次の日、車で高速道路を進み、サービスエリアでの休憩を挟《はさ》んでニセコへ向かいました。その途中で、知人に紹介された市場へ向かうことになりました。

北海道名物「シメパフェ」。

絶品だったいくら巻き。

そこにある青果店で、トウモロコシや夕張メロンを発見。僕も家族もメロンが大好物。もちろん即ゲット。そのお店には、冬になると抱えきれない程の大きいキャベツが入荷するそうです。そう聞いたら、買わない手はありません。後日送られてきたその大きさは、唖然《あぜん》とするほど。さすが北海道！　そうこうしているうちに、ようやくニセコへ到着。そもそもニセコに来た理由は、おじいちゃんとおばあちゃんがずいぶん昔に買った土地を見にいくためだったのです。おじいちゃん、おばあちゃんのものが別々にあるとのこと。

まず、町役場の人がおばあちゃんの土地の案内をしてくれたのですが、「う〜ん、大体この辺ですね」と、案内も曖昧《あいまい》。なにせ林のなかで、建物がある訳でもなく、みんな、おばあちゃんの土地だという実感が湧きませんでした。

それ以上にわからなかったのが、おじいちゃんの土地。それについては、もはや崖《がけ》となっていて、見に行くこともできませんでした。どういうことなのでしょう。

ひと仕事を終え、車で大通りを通っていた時、日本最大手の家電量販店チェーンで知られる、ヤマダデンキのアウトレットを発見。家電好きのお母さんの声もあり、入店。

広さや品揃《しなぞろ》えの多さに、家族みんなで盛り上がりました。

僕が惹《ひ》きつけられたのはまず、スロージューサーです。「スロージューサー」とは、圧力で果汁を搾《しぼ》り出すもので、途中のフィルターで皮やタネを取り除くことができ、おいしいジュースを作ることができます。僕はこれをずっと欲しいと思っていたのですが、値段が高くてなかなか手が出ませんでした。しかし、そこはアウトレット。値段も手頃だったので、家族みんなで相談し、買うことを決めました。

次にみんなが注目したのが、ホットプレート。今晩、このホットプレートで「北海道を焼いて食べよう」ということになりました。もちろん、食材のことですよ。

なぜ自分たちで調理するのか。実は、僕たちが泊まるホテルは、コンドミニアム。大きいマンションのようなつくりで、一部屋に個室が4つもあり、7人みんなで泊まることができました。広いリビングとキッチンがあり、自炊《じすい》をすることも可能だったのです。だから、ホットプレートの購入ということになったわけです。

ホテルに到着し、ベランダに温泉の露天風呂があるのを見つけた父親が、食事の支度どころでなくなり、すぐにザブン。それを見て僕もザブン。なにせ温泉は外にあり、目の前には羊蹄山《ようていざん》！　開放感もあって最高の景色です。というか、ウロウロしているとおばぁちゃん、そしてお母さんが何を命令してくるかわからないので、温泉に逃げこんだ訳です。

そんな開放的な景色のなか、目の前にガのような白い虫が飛んでいるのが見えました。するとそこに鳥が飛んできて、虫をパクリと食べてどこかへ行っちゃいました。世の中は弱肉強食の世界であることを目のあたりにしました。

次の日、朝ご飯のためにソーセージを焼くなど、ホットプレートがまたしても役立ちました。そして支度《したく》が済むと、道の駅へ向かいました。道の駅というところは僕もいくつも行ったことがありましたが、そこのクオリティーの高さに

ホテルから見える羊蹄山をバックに。足のサイズ27.5センチのお父さんは、自慢のスニーカーを履いています。

はびっくり。主にあるのは野菜なのですが、色が濃くて艶《つや》がよい！　トマトにカボチャにトウモロコシにと爆買いしたため、その夜もホテルで食べることが決まり、またしてもホットプレートの出番がやってきました。その後、トウモロコシ畑越しにニセコのシンボル・羊蹄山などの絶景を臨めるフォトスポット「大きな牧草の俵」に登って写真撮影。たくさんの観光客で賑《にぎ》わっていましたが、広大な敷地なのでゆったりと自然を感じられました。そこ以外にも、ウイスキーの蒸留所や、チーズ屋さんなどに行きました。ウイスキーは、僕には無関係。でも、面白かったです。最終日は、お昼に空港でラーメンを食べて、おしまい。我が家の北海道旅行は、美味しい北海道でした。

6　2年連続ニセコ

翌年の家族旅行も北海道。1日目は前年、行くべきだと思いながら行くことができなかったところへ行きました。北菓楼でのお茶、達成しました！

2日目からは、またしてもニセコへ。札幌からニセコへ移る途中、今回は岩内《いわない》という町に寄りました。この町に寄った理由は、美味しいお寿司屋さんがあると聞いたからです。そのお店の売りは、貝やタラコ、ウニといった魚介類。ところが、僕は貝類があまり得意ではないので、「売り」を頼まずに、魚や魚卵を食べました。すると、お父さんが僕に「このウニ、最高」と言ったり、おじいちゃんが「なんで貝、食べないの？　美味しいよ」と言ったりして、みんなで僕をいじってきました。

そんな岩内を経由して、ニセコに到着。数日は快晴がなく、羊蹄山に雲がかかっていたことが残念。そして、前年も訪れた道の駅を再訪。トマトが相変わらず絶品でした。あの変わらない色艶。文句のつけようがないフォルム。もちろん味も。果物みたいにとても甘く、味が濃い。そしてなんといっても、コストパフォーマンス。4個で100円！　最高です。今まで食べたトマトのなかでも、全ての面においてナンバーワン。僕にとって、ニセコはトマト、トマトはニセコ。なぜニセコへ2年連続で行くのと問われたら、迷わず、トマトを食べに……と答えたいです。ニセコといえばスキーだろ！　という意見はこのインドアファミリーにはありません。

このように、僕は食べ物が大好きなので、ついつい食べ物についてばかり書いてしまっています。でも、僕ばかりでなく、家族のみんながそうだから、ごめんなさい。

　この旅行で、僕は初めてジンギスカンを食べました。

「ジンギスカン」には、いろいろなスタイルがあるようです。ここで書くジンギスカンは、炭火の網の上でラム肉だけを焼き、タレをつけて食べる、いわば焼き肉形式。この味には、驚かされました。僕には、ラム肉は匂いが強いという偏見があったのですが、全く違いました。冷凍していない新鮮なラムを使っているとうたうだけあって、匂いが全くなく、本当に美味しいお肉でした。牛肉や豚肉、鶏肉以外で、こんなに美味しいお肉があったのか！　と感動しました。

　札幌では居酒屋さんへ行き、北海道の海鮮などを食べました。とくに美味しかったのが、ホッケの干物です。ホッケは、北海道の代表的な魚。干物にすると、旨味《うまみ》が閉じ込められて絶品です。また、ニセコには昨年買ったホットプレートを持参。それを使い、1年前と同じようにいろいろな食材を焼いて楽しみました。他にも、牧場へ行きピザを食べました。牧場にはチーズ工場があり、そのチーズを使っているので絶品！

帰り際には、空港の近くにあるカフェへ行き、メレンゲを使ったパンケーキを食べました。口に入れるとメレンゲが一瞬にしてとろけ、無くなってしまいます。このフワフワ食感は、新感覚で面白かったです。我々は飛行機に乗る直前まで、美味しいものを探しているのです。せっかく北海道に家族で行って、食べる話ばかりの僕は、なんか変だと書きながら思っています。しかし、繰り返すようですが、これが僕のファミリーの旅行スタイルなので、どうしようもありません。

我が家の旅行の目的や楽しみは、一般に言う観光とか、体験とかではありません。アクティビティーという概念《がいねん》がなく、あくまでも、食べ続けたり買い物をしたりするだけなのです。それにしても、食べ物まみれです。もし、みなさんが我が家の旅行を不思議に思うのであれば、一度食べて食べての旅をしてみてください。お腹がタポタポで食べるのが嫌になっても、お茶をすれば、平和なマインドになります。

このジンギスカンの美味しさには、僕もお父さんも感動！

7　島根の山荘《さんそう》秘話

かつて、北海道の崖を買ってしまった超人こと僕のおじいちゃんは、これまた東京から離れた島根にも物件を所有しています。しかも、北海道は建物がありませんが、島根には家を建ててしまいました。

というのも、林家木久扇が仕事で、島根県の美都《みと》町というところに行った時のこと。そこの町長さんに山荘建設の提案をされ、平成4（1992）年に、独特な思いつきでパッと建ててしまったらしいのです。

詳しい事情はわかりませんが、僕が知っていることだけ書かせてもらいます。

この山荘は宮大工さんによって建てられたという、釘《くぎ》を1本も使っていない今では珍しい貴重な建物。そのなかには大きな囲炉裏《いろり》があります。その囲炉裏を使うのには準備が大変ですが、櫻井《さくらい》さんに手伝ってもらって火をつけます。

あ、櫻井さんは、この山荘の隣《となり》に家族で住んでいる方で、年に1回程度しか行かない僕たちのかわりに山荘の管理をしてくださったり、家族で遊びに行った時に、車で

郵便はがき

お手数ですが切手をお貼りください

186-0001

東京都国立市北1—7—23

株式会社 今人舎 編集部 行

『コタ、お前は落語家になりたいの？』 著／豊田寿太郎	本体1,400円+税	冊

林家木久扇の本

『笑いと元気が湧く林家木久扇3・11俳句画集 これからだ』 俳句・画：林家木久扇	本体1,200円+税	冊
『ぽにょり　ぽにょり』 作：内田麟太郎　絵：林家木久扇	本体1,400円+税	冊
「私の八月十五日」シリーズ①昭和二十年の絵手紙 林家木久扇含む54人の終戦の日の証言集	本体3,200円+税	冊

「私の八月十五日」シリーズ			⑤戦後七十二年目の証言	本体1,800円+税	冊
②戦後七十年の肉声	本体2,800円+税	冊	⑥戦後七十三年目の証言	本体1,800円+税	冊
③今語る八月十五日	本体2,800円+税	冊	⑦戦後七十四年目の証言	本体1,800円+税	冊
④戦後七十一年目の証言	本体1,500円+税	冊	高倉健の想いがつないだ人々の証言「私の八月十五日」	本体1,800円+税	冊

※申込欄に冊数をご記入いただければ、裏面のご住所へ送料無料でお届けします。
上記以外の今人舎の本についてはホームページをご覧ください。

TEL 0120−525−555　FAX 0120−025−555　URL https://www.imajinsha.co.jp/

『コタ、お前は落語家になりたいの？』

—ご愛読者ハガキ—

今後の出版の参考にさせて頂きたく、下記にご記入の上、是非ご投函ください。

ご氏名・ご住所・お電話番号は、新刊・イベント等の情報提供、アンケート依頼、ご注文内容の確認等に使用させて頂きます。ご意見・ご感想は、広告等に匿名で使用させて頂く場合がございます。

ご氏名	（　　才）
ご住所（〒　　　　） TEL（　　　）	
ご職業	

どこでお買い上げになりましたか?

書店では、どのコーナーにありましたか?

この本をお買いになった理由

- たまたま店頭で見た
- 人から聞いた
- 著者のファンだ
- その他

本書についてのご意見・ご感想をお聞かせください

いろいろなところに連れていってくださったりと、とてもお世話になっています。

さて、その囲炉裏ではさまざまなものを焼いて食べるのですが、何を焼いても美味しい。なかでも僕が格別に美味しいと感じるのが、長茄子《ながなす》とお肉と焼きおにぎりです。格別なのに、３つもあるのは多い気もしますが……。

長茄子は櫻井さんが育てたもので、網《あみ》の上でじっくり焼いて全体が茶色がかったところで皿にとり、鰹節とお醤油をかけて食べます。島根のお醤油は関東と違って甘めなので、トロトロになった長茄子の風味と合って美味しいです。囲炉裏で焼くお肉の

櫻井さんの庭で採れた大きなスイカ。

本物の「囲炉裏焼き」は格別の味。

なかでも、とくに美味しいのが鶏肉です。モモや、首まわりのお肉のセセリという部位を塩胡椒《こしょう》で味つけし、じっくり焼いて食べると絶品です。最後に焼きおにぎり。これは、時間をかけてじっくり両面に焦げ目をつけ、最後に醤油をつけて両面をもう一度焼くと完成。そのままでも、山椒《さんしょう》をつけても、とても美味しいです。

しかし、そうした山荘にも欠点があります。たとえばクーラーとテレビ、Ｗｉ‐Ｆｉがないこと。地球温暖化のせいでしょうか、最近は、山のなかでもとても暑いし、なおかつ囲炉裏を使うことで熱が家にこもって部屋中が暑くなってしまいます。しかし、クーラーはないので、巨大な扇風機1つで暑さを乗り切ります。

また、テレビがないのは仕方がないにしても、Ｗｉ‐Ｆｉがないと娯楽《ごらく》がありません。スマホも使えないので、やることがなくなってしまいます。

最大の問題は、虫。山奥だから仕方ないのですが、全ての窓に網戸がついているわけではないので、換気《かんき》をすると、待ってました！　と言わんばかりに虫が飛び込んできます。とくに嫌な虫は、アブとクモ。アブは噛《か》まれたら大変ですから、離れていってくれと心のなかで一生懸命念じます。でも、奴らはそんな僕が好物なのか、どんどん近づいてきて、すぐ後ろの壁に止まって姿を見せつけてきます。

クモは大して害はないのですが、足1本無いまま歩いているのを見たりすると、絶叫ものです。他にもアリやキリギリス、ガなどが間髪入れずに登場してくると、みんなパニック。これは、僕のファミリー特有の感情ではありません。おそらくどこの家族も同じだと思います。

そういうわけで、寝る時は時代にそぐわず蚊帳《かや》を張り、それと畳《たたみ》との隙間《すきま》には、重りを置いてなかに虫が入るのを防ぎ、あとは防御ラインを信じて、何も考えないようにします。

では、女性陣はどうしているか？　というと、囲炉裏でご飯を食べた途端、車に乗り込んでホテルへ向けて即、出発。風のように去ります。同時に、残された男たちは蚊帳のなかへ向かうのです。

ここ美都町のベストシーズンは6月です。それは、ホタルをたくさん見ることができるからです。同じ虫でも、ホタルは珍重《ちんちょう》されています。

ここのホタルは、本当に綺麗です。その輝きはまるで東京ディズニーランドのエレクトリカルパレードのよう。いや、もっと凄《すご》い。イルミネーションには無い穏《おだ》やかな光の点滅《てんめつ》によって、自然の美しさや壮大《そうだい》さを感じることができます。

とはいえ、ホタルも虫は虫。近づいてきて体に止まろうものなら大変。女性陣がそれを避けようと大騒ぎ（姉以外）。

島根ですることは他にもあります。たとえば釣り。僕が小さい頃は、カサゴやマメアジのような簡単な釣りをしていました。あとはキス釣り。ところが、これも女性陣が大騒ぎ。なぜかというと、餌《えさ》が素敵で、ゴカイという幼虫のような生き物だからです。ミミズにゲジゲジのあしをつけたようなゴカイは不気味で、なおかつ噛むため、触ることができません（姉以外）。そのため、櫻井家に餌をつけてもらわないと、キス釣りはできません。そもそも釣りをするには、さまざまな準備をしなければなりませんので、櫻井家にお世話になりっぱなしです。

ただ、僕と父親は永遠の釣りビギナーを掲げようと決めています。なぜなら、自力で準備する気がないから。最近はルアー（擬似餌《ぎじえ》）を使った釣りにもチャレンジしているのですが、釣れません。だってビギナーですから。投げ方を誤って糸が切れてルアーごと飛んでいってしまうこともあります。なにせビギナーですから。櫻井家のみなさん、ごめんなさい。

そんな島根での行動でも、櫻井家に面倒をおかけしないで済むのが、美都温泉。温泉に浸《つ》かっている時間は幸せです。何よりいいのが、お風呂上がりのドリンク。美都町はゆずが名産で、それを使った「ゆずっこ」というジュースがあります。僕はこれが大好き。風呂上がりの「ゆずっこ」は絶品です。

5月に平成から令和にかわった2019年、僕は島根へ初めてひとり旅をしました。家族のいないところへひとりで行く不安もある一方、家族にいろいろ言われないで済む開放感など、さまざまな気持ちが入り混じっていました。

萩《はぎ》・石見《いわみ》空港へは、飛行機で1時間ちょっと。機内では、空港で買ってもらったお弁当をのんびり食べていると、あっという間に到着。あの時の、のどぐろの柿の葉寿司の美味しかったことは、今でも忘れません。

空港には櫻井家が迎えに来てくださり、山荘に着くと、庭に檻《おり》が置かれており、なかにイタチが入っていました。農作物を荒《あ》らしたり、庭にフンを撒《ま》き散らしたりするので、櫻井家が罠《わな》を仕掛《しか》けていたとのこと。見た目が可愛くても、害獣《がいじゅう》なんだとか。そのイタチがその後どうなったのか。ここではやめておきましょう。

その当時、僕は小学6年生。夜中、山のなかの建物でひとり、寝る勇気はありませんでした。何が起きるか心配でしかありませんでしたので。そこで、櫻井家の少し歳上のふたり兄弟が一緒に寝てくれました。寝る前に、一緒に「ドラクエのボス」を倒して、より一層絆《きずな》を深めました。

こんな、ひとり旅のようでひとり旅ではない島根の旅。僕も成長できました。

櫻井家のお兄ちゃんふたりと小学6年生の僕。奥には特大の蚊帳が見えます。

第4章

僕の「歴史旅」

1 最初は3人旅

先にも触れたように、僕は歴史が大好き。とくに戦国時代が大好きです。

小学3年生の頃、父がやっていた歴史シュミレーションゲーム「信長の野望」シリーズにすっかりはまり、夢中になっていましたが、当時は同級生に歴史好きな友だちがいなかったので、ひとりで熱中。でも、5年生になると、友だちのひとりが歴史好きだと判明、急接近しました。

そんな歴史好きな彼に、僕が「信長の野望」の話をするうちに、いつの間にかふたりで信長の野望トークをしていました。もちろん、ゲームではなく戦国武将についても話します。最初のうちは僕の方が知識があると思っていたのですが、気づいた時には、僕の遥《はる》か上を彼が行くようになっていました。

というのも、彼は武田《たけだ》二十四将とか、徳川《とくがわ》十六神将《しんしょう》のような、何人かでひとまとまりに挙げられている人物を、ひとりずつ全員調べようとするのです。もちろん、そうして調べ上げていった彼の知識は細かく、ある人の家来の家来の家来くらいまで知っています。ですから彼の話は、「家来の家来である～がここで……をしたじゃん」みたいになります。チョイスも、とにかくコア。そのため、僕にはさっぱりわからないということが多々起きるようになりました。

兎《と》にも角《かく》にも、その歴史好きな彼とは気が合ったので、一緒に「歴史旅」に出かけるようになりました。初期のメンバーは、僕と友だち、そして友だちのお母さんの3人です。最初の旅は、5年生の時でした。正直言って、自分の家族がいないのに、宿泊なんていいのかなと少し心配がありました。でも、友だちも彼のお母さんも優しく接してくれました。それどころか、そのお母さんは事前の情報収集力がすごい！　限られた時間をフル活用できるようにスケジュールを組んでくれました。そのおかげもあり、僕はなおさら歴史旅の虜《とりこ》となりました。

最近になると、僕の母親も一緒に行くようになり、4人で旅行するようになりました。しかし、僕と友だちは山を登って歩かなければならない「山城《やまじろ》」を好むため、つきそう親たちは苦労しているようです。

ところで、「山城」といっても想像がつかない人が多いかもしれません。雲海が見られる竹田城《たけだじょう》のような絶景を臨むお城を思い浮かべる人もいれば、コアな歴史好きの方なら、読み方は違いますが、京都近辺の旧国名「山城国《やましろのくに》」を思い浮かべる人もいるかもしれません。もちろん、山城をあまり知らない人もいるでしょう。そもそも「山城」とは、山の地形を巧《たく》みに利用したお城のことで、その多くは天守《てんしゅ》や本丸《ほんまる》といった建築物が再建されていません。「天守」とは、いわゆる天守閣《かく》のこと。立派な高い建物で、そのお城のシンボル的存在。「本丸」は、天守閣のような華美な建物ではないですが、そのお城の心臓部的な場所だといわれています。

ここで質問。みなさんは、天守や本丸もなく、ただ山に碑《ひ》や看板があるような山城と、天守や本丸が再建された立派なお城の、どちらに行きたいでしょうか。再建されたお城の方が見応えがあるとか、想像しやすいと考える人が多いかもしれませんが、山城にも魅力がいっぱいです。たとえば、人の手があまり入っていない点です。人の手が入っていると、堀のような遺構が失われてしまったり、変に整地されてしまって公園にひっそりと遺構があるような、お城がメインでなくなってしまったりします。しかし、山城ならそのようなことはありません。

他には、山を登る達成感があることも挙げられます。山城といっても規模はさまざまで、なかには大規模に山全体を使ったお城もあります。そういったところを時間をかけて、戦国武将の息吹《いぶき》などを想像しながら頂上まで登ると、登り切ったという事実はもちろん、まわりの景色などからも爽快感《そうかいかん》や満足感を感じることができます。

おっと、このままいくと話がどんどん脱線していきそう。話を戻して、僕たちが山城を好むことで、親たちが苦労をする象徴的な例を紹介します。

それは、金華山《きんかざん》にそびえ立つ岐阜城《ぎふじょう》へ行った時のことです。その時は、天守に行く時間が夕方頃になってしまい、ロープウェイの「行き」が最終便。そのため「帰り」の便がなく、徒歩で下山することになりました。なにせ僕たちのゴリ押しで微妙《びみょう》な時間でも行くことが決まったのですから。

さて、ロープウェイに乗れば約4分で山頂に到着。そこから歩いて8分ほどのところに天守があります。天守では夕日もあり、絶景を望めました。そして下山。歩いて下山となれば、大仕事。我々若者は猛スピードで進むのでよいのですが、友だちのお母さんを置いてけぼりにしてしまったのです。辺りは真っ暗。僕たちが下山した後、ゆっくり降りてきた友だちのお母さんは、僕たちの顔を見たとたん、「なんで置いていったの！　暗いなかをひとりで、転んだりして大変だったじゃない！」と。先走ったことを反省しつつ、翌日も猛スピードでさまざまな箇所を巡《めぐ》りました。この旅は、僕らにとってはとてもいい思い出ですが、友だちのお母さんの方は今でも大変だった記憶が大きいようで、旅する度にその話が出てきます。お母さん、置き去りにしてごめんなさい。

僕のお母さんを加えた4人の歴史旅では、ホテルの泊まる部屋を子どもと親で分けることにしているので、普段にはない解放された環境で友だちと会話ができます。この空間がとてもいいのです。

こんな楽しい旅ですが、実は問題点もあります。それは、食事。せっかく遠くに行くのだから、ご当地のものを食べたくなるのは必然です。しかし、友だちはかなりの偏食家で、食にはあまり興味がない。ところが、僕はどうしてもご当地の物が食べたいので、友だちのお母さんと画策して強引に友だちを外に連れ出します。それでも彼は、唐揚げなどの決まったものしか食べません。そんな彼と名古屋の味噌煮込みうどんを食べた時には、彼にとっては新発見だったようで「美味しい美味しい」と言って完食。僕も、名古屋出身の母方のおじいちゃんの影響を受けて、赤味噌が大好き。そういった新しい食べ物を彼が知ることも、僕たちの歴史の旅による成果となっています。

では、今まで僕たちはどんなところに行ってきたのか、ざっと挙げたいと思います。

名古屋周辺／岐阜周辺／姫路《ひめじ》・大阪周辺／静岡周辺／滋賀《しが》周辺／山梨周辺／八王子、翌日上野／川越《かわごえ》周辺／香川《かがわ》周辺／名古屋周辺ｖｅｒ・２／栃木《とちぎ》・

岐阜城の天守閣からの壮大な夕日。ということは、下山は日没後。

名古屋の赤味噌で煮込んだうどん。偏食家の友だちも絶賛でした。

群馬周辺　こんなところで、まだまだ他にもあります。

とにもかくにも、いろいろな場所に行っているとさまざまな想い出ができて、お城についていてたくさん書きたいと思うのですが、ここでは、さらに友だちとのことを書かせてもらいます。

実はその友だちは、自分の夢に向かって高校受験をして、違う学校へ行ってしまい、僕たちは離ればなれになってしまいました。僕は「歴史旅」がなくなってしまうのではないかと思いましたが、僕たちのそれはなおも続いているのです。趣味が人の繋《つな》がりを続けさせてくれると、つくづく趣味をもつことのよさを感じているこの頃です。

ところがその彼、今度は留学をするそうです。え？　海外に行ってしまったら、一緒にお城に行けないじゃん！　またも旅は中断です……。

1年程離れてしまいますが、日本に戻ってくれば、その後もまた一緒に旅を続けたいなぁ、と僕は思っています。人の縁は簡単には切れないはず。大切にしたいと思います。そうしないと、僕たちの歴史旅もどうなることか。お城を見に行けなくなってしまうかもしれません。それは、避けるべき最重要案件です。

2　戦国時代の城めぐり「現存《げんそん》12天守」

僕の「歴史旅」にとって外せないのは、安土桃山《あづちももやま》時代から江戸時代の間に建てられたと推測され、昔の状態がほとんどそのまま今も残っている12天守、「現存12天守」と呼ばれるお城たちです。歴史好きの僕は、以前から、なぜ安土桃山から江戸時代に建てられた天守しかないのかと不思議に思っていました。調べてみると、実は、それ以前のお城は自分の身を守ることを考えて建てられていたので、シンボル的な天守を建てるという考えがなかったからだそうです。

その後、江戸時代頃になると世の中が平和になり、戦いが起きず自分の身を守る必要がなくなったため、多くの大名が壮大な天守を建築したと考えられています。

そんなこともあって、江戸時代頃には全国各地に多くの天守がありましたが、現存する天守は12城まで減ってしまいました。その理由は、次のようです。

・江戸時代の一国一城令や明治時代の廃城令《はいじょうれい》により城そのものの数が激減したこと。

・戦争や火事などの影響で天守が無くなってしまったこと。

これらを乗り越えたのが、「現存12天守」なのです。この12城のなかで、僕が訪れたことがあるのは、姫路城《ひめじじょう》、彦根城《ひこねじょう》、丸亀城《まるがめじょう》、犬山城《いぬやまじょう》。まだ4城ですが、それらについて、僕から解説させてください。

まずはなんといっても、姫路城。世界遺産であり、知っている方も多いのではないでしょうか。

このお城の天守を見た時には、その壮大さに驚かされました。また、綺麗《きれい》に整備されていることによる美しいフォルムに、僕は心を打たれました。外から見ると5層のように見えますが、実はなかは6階になっています。そういったトリック的な構造の面白さも僕は大好きです。

見どころは天守だけでなく、石垣にもあります。現存する天守は、池田輝政《いけだてるまさ》という人物によって建造されたものですが、その前身は、羽柴秀吉《はしばひでよし》（豊臣秀吉《とよとみ》）によって建てられました。その頃の石垣が現在もしっかり残っているのは、すごい。

次は彦根城。城そのものについてよりも、ゆかりのあるキャラクター「ひこにゃん」

について知っているという人の方が多いのではないでしょうか。そんな彦根城ですが、実は、かの有名な関ヶ原《せきがはら》の戦いと関連しているのです。

このお城は、関ヶ原の戦い（1600年）の直後に、石田三成《いしだみつなり》の居城だった佐和山《さわやま》城（滋賀県彦根市）の代わりとして素早く建造する必要があったため、さまざまなお城や寺院から移築された建物がいくつもあるそうです。天守でさえ、琵琶湖《びわこ》を挟《はさ》んで反対側にある大津城《おおつじょう》から移築された建物。この移築、どうやっておこなわれたかというと、建物をそのまま運ぶことはできません。一度分解して再建築したそうです。

そして、この城の魅力は他にもあります。例えば、一般的にも珍《めずら》しい「登り石垣」が挙げられます。これは、小高い丘の上に立つ彦根城の天守へ迫りくる敵が途中で横方向に移動できないように、縦方向に築かれた長さのある石垣です。この登り石垣自体が日本に少ないもので、さらにこれほどよい状態で残っている城は彦根城ぐらいと言っても過言ではないと思います。

といっても、僕にはいろいろな商品にひこにゃんが描かれている「ひこにゃん」だらけのお土産屋さんも魅力的でした。ひこにゃんの筆箱を学校に持って行ったら、すごく評判もよかったですし。そんな訳で、彦根には食べ物とお土産がたくさんあったので、それについては後程。

そして次は、犬山城。僕が5年生の時に初めて行った「歴史旅」で見に行きました。このお城には、明治時代になってからも個人が所有していたという少し変わった歴史があります。平成16（２００４）年4月になって財団法人に譲渡《じょうと》されました。

この天守を初めて見たとき、僕は正直「小さいな」と感じました。実際、現存している天守は、犬山城を含めて規模が大きくないものが多々あります。それから、城内の階段の一段一段に高さがあるので、とても登りにくかったことを覚えています。

このお城は、背後が絶壁《ぜっぺき》で、その下には木曽川《きそがわ》が流れています。城の前側には城下町が並び、今もなお江戸時代以前の街並みを感じることができます。

実は、名古屋近辺にあるお城で、このように城下町までしっかり残っていることは珍しい。なぜなら、名古屋城などは、太平洋戦争の空襲で焼失してしまったからです。しかし、犬山城は奇跡的《きせきてき》に戦災を免《まぬか》れ、天守だけでなく城下町まで当時の雰囲気が残っている、数少ないお城となったのです。

犬山城には、この城下町のさらに外側に堀がありました。そのため、天守だけでなく城下町も守ることができた上に、背後は絶壁と木曽川という、防御力の高いお城だったようです。天守から、その立派なようすが伺《うかが》えます。

最後に記すのは、丸亀城です。このお城だけは、僕の家族と一緒に行きました。というのも、丸亀

家族みんなで訪れた丸亀城。僕はニコニコしています。

城は香川県にあるお城。香川県の三豊市《みとよ》というところで落語会があった際に立ち寄ったのです。天守からの、瀬戸内海の眺望《ちょうぼう》はすばらしい！

そんな城の特徴は、なんといっても石垣（石垣が特徴というのは、他の城も同じですが）。とくにすばらしいのが「扇の勾配《おうぎのこうばい》」と呼ばれるもの。一般的に「武者返し《むしゃがえし》」と呼ばれるものに似ています。この石垣は、最初は緩《ゆる》やかな傾きで、上へ行くほどだんだんと急になるよう石が積まれており、曲線美がすばらしいです。これが丸亀城最大の特徴・魅力といえます。そして、石垣のところどころに、家紋《かもん》が刻印された石があります。なぜこれが彫《ほ》られているのかはっきりとはわかっていませんが、どの大名家が切り出した石なのかを明確にしていたのではないかといわれています。

この石垣の石は、大阪城などから集められたといわれるもの。大阪城は天下人・豊臣秀吉が築城したため、各地の大名家から石を含めた物資が集められます。その時、大名家がアピールとして彫った刻印が残っているのではないかという説などがあり、そういったことに思いを馳《は》せるのも城巡りの面白いところです。

3　城なき跡地《あとち》も面白い

昔のお城の天守に立てば、その時代に思いを馳《は》せることができます。でも、天守がなくても、そこにかつてお城があったと想像すると、僕の空想は無限に広がります。多くの歴史好き、お城好きにとって、城跡《じょうせき》に立つことも大いに魅力的なことだといわれています。「城跡」とは、その土地に城があったという場所。お城をいくつも訪ねるようになって、僕もその気持ちがわかるようになってきました。僕が見たなかで、とくに惹《ひ》かれた2つの城跡について書かせてください。

まずは、山中城《やまなかじょう》。静岡県三島《みしま》市にある城で、豊臣秀吉の小田原征伐《せいばつ》時（1590年）に北条《ほうじょう》方の城として活躍するなど、戦略的価値の高いお城でした。とはいっても、守備方の北条軍4千に対して攻城方の豊臣軍7万という、圧倒的兵力差の前に半日で陥《かん》落《らく》（軍勢については諸説あるといわれていますが）。それでも、豊臣方にも少なくない死傷者が出たことから、この城の堅牢《けんろう》さを伺《うかが》うことができます。

この城の魅力は、なんといっても「障子堀《しょうじぼり》」。これは、堀を途中で遮《さえぎ》ったものをいくつも繋げてあるようなもので、この城を治めていた北条家特有のものです。お城の堀は、地面を掘って敵の侵入を防ぐもので、地面剥《む》き出しのままの空堀と、そこに水を入れた水堀の2種類があります。「障子堀」は空堀に位置します。

ところで、なぜ山中城最大の魅力は障子堀なのでしょうか。実は、この障子堀は他のお城にもあることにはあるのですが、最も綺麗《きれい》な状態で、最もわかりやすく保存されているのがこの山中城なのです。実際、この城では障子堀の保存を上手くおこなうため、芝生《しばふ》を敷いて風化を防ぐなどの取り組みもしているのだとか。

僕はこのお城を、城巡りをしたことのない「城ビギナー」の方にも是非見てほしいと思っています。これには2つ理由があります。

1つ目は、見学しやすいこと。このお城は「山城」の部類に入りますが、お城の入り口までバスで行けるなど、比較的楽に登ることができます。城を進む途中にお手洗いがあるので、他の山城よりも少し気楽に見学できると思います。とはいっても、バス停からは歩く必要があり、地面もほとんどが土なので、革靴のような歩きにくい靴で行ってはいけません。

２つ目は、見てわかりやすく、なおかつ面白いポイントがあるということです。障子堀は、とても見てわかりやすい遺構です。また、このお城は静岡県にありますから、富士山が近い。そのため、障子堀と富士山という異色の美しいコラボを写真に収めることができます。

実際に、以前行った時には外国人がいて、この城の価値を詳しくは知らない状態だったと思いますが、富士山と障子堀を背に記念写真をたくさん撮って楽しんでいま

山中城（静岡県三島市）の障子堀と富士山。

した。そういったことも踏まえ、「城ビギナー」の方にもおすすめできると考えています。

また、障子堀の教科書のようなこの城には、「障子堀ワッフル」という、堀の形からインスピレーションを受けて商品化したワッフルがお土産としてあります。障子堀を大々的に宣伝していて、面白いです。

もう1つ、小谷城《おだにじょう》（滋賀県長浜市《ながはまし》）について書かせてください。

浅井氏《あざいし》という一族が本拠としていたとても大きなお城です。浅井氏のなかでも、「姉川《あねがわ》の戦い」（1570年）などで朝倉義景《あさくらよしかげ》らと共に織田信長《おだのぶなが》と相対した、浅井長政《ながまさ》を知っている方はいらっしゃるのではないでしょうか。

このお城は僕のおばあちゃんが行きたがるようなお城です。なぜかというと、才能を持ち、若いうちから頭角を表した浅井長政が信長に滅ぼされ自害した地だからかもしれません。というのも、おばあちゃんは一風変わったものの見方をする人。京都に血天井《ちてんじょう》というものがあるのですが、それを見て感動。この血天井は、関ヶ原の戦いの前哨戦《ぜんしょうせん》であった伏見城《ふしみじょう》の戦いで、討死《うちじに》した徳川方の武将たちの血がついた床板と伝わるものを天井に上げたものです。こんな少し怖いものを、興味深そうに見つめていたので、長政が自害した地というのに興味があるのかもしれません。山城ですから、歩けるうちに行きたいという気持ちもあるのでしょうか。

でも、この城には実はこれといった遺構がありません。石垣や堀などはありますが、この城の魅力はそういった遺跡ではありません。最大の魅力は、小谷山という山全体を生かして造られた見事な構造にあります。尾根伝いに「曲輪《くるわ》」と呼ばれる建物が多く建てられており（現在はもちろんありませんが）、「敵も本丸まで辿《たど》り着くには相当な時間と労力を費やさねばならなかったのだろうな」と想像をすることができます。こうした想像をするのが山城の醍醐味《だいごみ》なのです！　それを感じられる小谷城は、すばらしいです。

ところで、このお城の最後の城主・浅井長政は、姉川の戦いで敗れると、信長の軍勢にグイグイと攻め込まれてしまいます。小谷城を支える重要な支城であった横山城《よこやまじょう》（滋賀県長浜市）を陥落させられるなど、厳しい状況となった長政は、小谷城での籠城《ろうじょう》を選択しました。しかし、本来籠城は援軍が来る前提でおこなうものですから、朝倉氏しか頼みのない浅井氏は苦戦を強いられました。朝倉も姉川で敗戦したため、浅井救援の余裕はありません。こういったこともあり、浅井長政は降伏を選択。自身は自害したため浅井家は滅亡し、小谷城もその後、廃城となりました。浅井長政が自刃した場所が小谷城内にあり、若くしてこの世を去った長政に思いを馳せることができます。

このように滅亡を辿った暗い歴史もありますが、お城自体にはさまざまな建物跡があるため、是非見に行ってほしいなと、僕は思っています。そして余談。このお城では「和りんご」というものを栽培しています。これは長政がいた頃にあったものを復活させようとして、栽培されているそうです、それを使ったゴーフレットが美味しく、パリパリ食べてしまいました。幼い頃の夢が「パリッ」だけに？

4　古戦場の魅力

最後に、僕がこれまでに行った3つの古戦場について。「古戦場」とは、かつて戦いの舞台となった場所です。

1つ目は、織田信長《おだのぶなが》と今川義元《いまがわよしもと》による「桶狭間《おけはざま》の戦い」（1560年）の古戦場。実は、桶狭間の戦いがあった場所には、2つの説があります。とはいっても、邪馬台国《やまたいこく》のあった場所が、九州か近畿《きんき》かのように地理的に遠いところで説が分かれているのではなくて、愛知県の豊明《とよあけ》市と名古屋市という、比較的近距離で意見の相違があるのです。でも、どちらが真実なのかは未だにわかっていません。しかも、「桶狭間の戦い」の名は有名ですが、戦いがどのようにおこなわれたのかなど、詳細《しょうさい》はあまりわかっていないのです。僕は、豊明市と名古屋市のどちらも訪れました。

まず、名古屋市にある桶狭間古戦場公園。こちらは整備された、綺麗《きれい》で広々とした公園です。信長軍及《およ》び義元軍がどのようなルートで行軍したのかなどや、その道中の城や砦《とりで》をジオラマ化したものなどを見て楽しむことができます。それ以外にも、信長や義元の銅像などをゆっくり見ることのできる公園でした。

次に、豊明市にある桶狭間古戦場伝説地。こちらはあまり大きな場所ではなく、先述の公園ほど整備された場所でもありません。しかし、だからこその戦場の雰囲気などを少し感じ取ることができます。ジオラマなどがあるわけではないため、見どころが少ないといえばそうかもしれませんが、遺跡群が静かにたたずむようすは、古戦場として軽すぎないよさがあります。

2つ目も誰もが知っている、徳川家康《とくがわいえやす》率いる東軍と、石田三成率いる西軍が戦った「関ヶ原《せきがはら》の戦い」（1600年）の古戦場。この戦いの実質的な西軍の大将は石田三成でしたが、総大将は毛利輝元《もうりてるもと》だったということをご存知でしょうか。この人物は、「三本の矢」の逸話《いつわ》を残した毛利元就《もとなり》の孫です。とはいえ、この人は大阪城にずっといて関ヶ原には来ませんでした。

話を戻します。関ヶ原の戦いは、両軍共に大軍を引き連れた大戦であるため、戦場も必然的に広くなります。そのため、古戦場を全部回るのは大変ですし、そこまで時間を割くことができなかったため、小早川秀秋《こばやかわひであき》の陣取《じんど》った松尾《まつお》山などには登れませんでした。とはいっても、徳川家康の陣取った桃配《ももくばり》山、石田三成の陣取った笹尾《ささお》山など多くの陣所跡《じんしょあと》には、しっかりと行きました。

さて、陣所があった場所は、山だけではなく平地にもあります。すると、ある問題が発生します。それは、かつての陣所跡に今現在、人が住んでしまっているということです。そのため、実際の陣所跡とは異なる場所に、碑や看板が立っていることもあります。こういったことも、面白い発見です。

最後は、「姉川の戦い」の古戦場。前に記したように、浅井長政・朝倉義景連合軍と織田信長・徳川家康連合軍による戦いです。

この戦いでは、兵力で劣《おと》る浅井・朝倉連合軍が奮戦し、浅井氏家臣・磯野《いその》員昌《かずまさ》が織田軍の陣を11陣まで突破したり（織田軍への「十一段崩《くず》し」）、朝倉氏家臣・真柄直隆《まがらなおたか》が活躍したりしましたが、織田・徳川の連合軍の勝利に終わりました。

開戦地、決戦地など、１日でいくつもの「関ヶ原古戦場」を訪れました。

ちなみに、この時、徳川軍の本多忠勝《ほんだただかつ》と一騎打ちを繰り広げ、その後、織田・徳川軍に討ち取られた朝倉軍の将・真柄直隆の大太刀は、熱田《あつた》神宮に保存されています。僕も熱田神宮に行った時に見ましたが、2本あるうち、長い方が340センチ、短い方でも267センチととても長く、よくこんな大物を振り回せたなと驚きました（一般的な太刀は柄《え》を含めても100センチいかない程度）。

この古戦場はあまり大きな場所でもなく、関ヶ原ほど碑や看板が多くあるわけでもありません。ですが、姉川という川を見ることができたり、両軍が当時どのような景色をそれぞれの視点で眺《なが》めていたのかを知ることができたりするなど、面白い発見もたくさんありました。僕が書くのですから、食べ物と買い物ですが、この姉川に行った時は、同時に滋賀県のさまざまなところに行きました。

まずは、彦根で見つけた面白い食べ物について紹介します。それが「三成醤油《しょうゆ》プリン」。これは、三成の本拠・佐和山城が彦根市にあるため、三成の名前がつけられたもので、特徴は、チューブに入っているところ。街を散策しながらでも、食べられるように工夫されたそうです。そして最も大きな特徴が、名前のとおり醤油が使われているところです。しかも、プリンの隠《かく》し味とかではなく、キャラメルの代わりとして使われているのです。その味は、プリンの甘さと醤油の塩辛さが合わさった新感覚のもの。彦根に行ったら、街をブラブラしつつ食べてみては。

買い物というと、ひこにゃんが有名な街ですから、そのグッズがいっぱい。お土産として配ったら面白そうなので、いろいろなグッズを買って、学校で配りました。安土城では、面白いものを買いました。それは、杖《つえ》。もちろん、普段使うわけではなく、山城で険しい道を進む際の支えとして購入。安土城の名と共に織田家の家《か》紋《もん》が焼印されており、シンプルですがカッコいい見た目です。非常に気に入っているのですが、

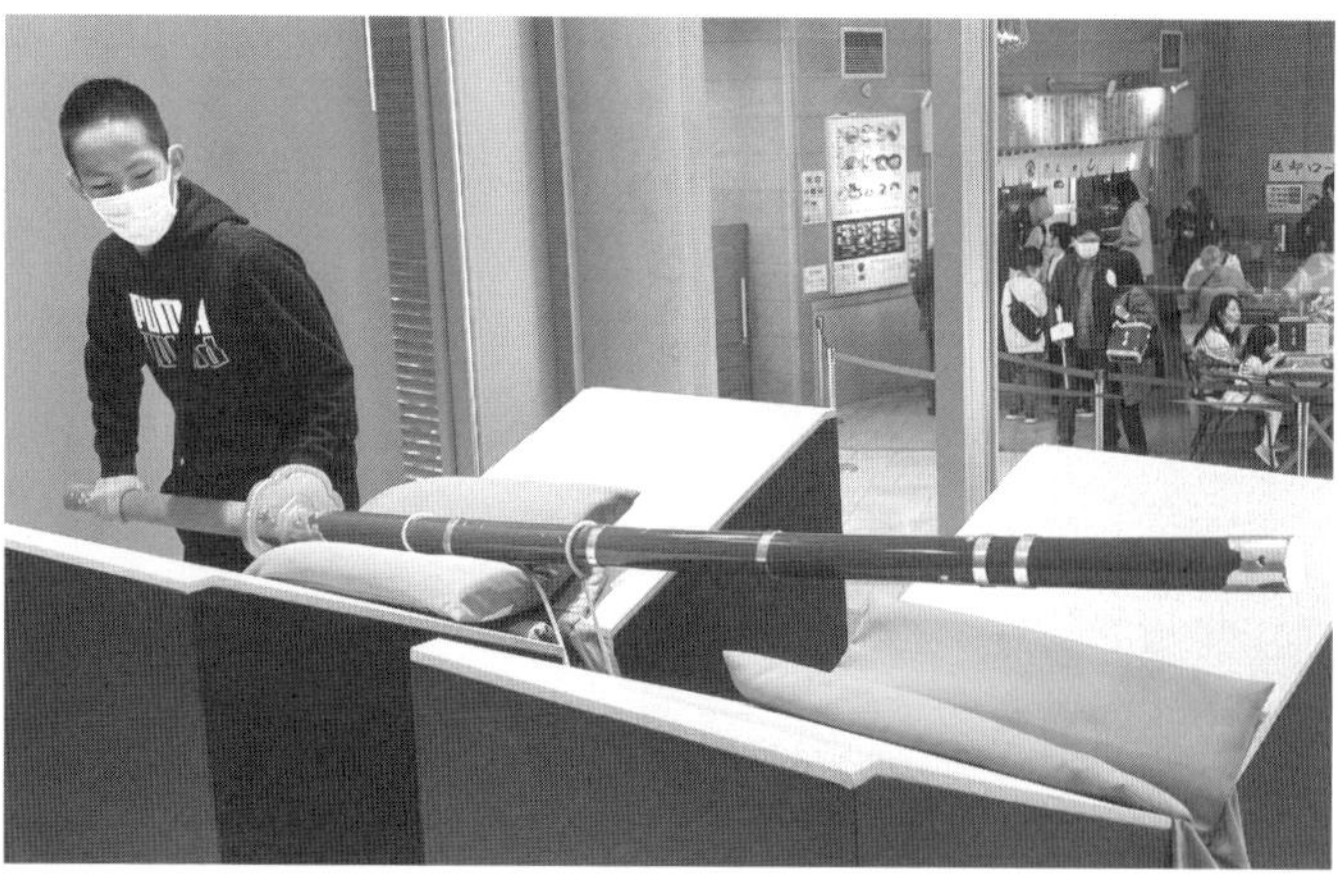

真柄直隆の大太刀（複製）。少し持ち上げるだけで精いっぱいでした。

全国各地に持ち歩くには弱点が。そう、邪魔《じゃま》なんです。お城に登っている途中は助かるのですが、行き帰りなどで新幹線などの乗り物に乗る際、一気に使い道がなくなり、置き場に困るものと化します。結局、家の玄関に飾り物として置き続けています。

このように歴史について書き続けると終わらないので、この辺りで切り上げます。

僕はいろいろな歴史旅をしてきましたが、これからも続けたいと思っています。世の中には、まだまだ名城や古戦場がたくさんあります。そういった場所にも是非行きたいと思います。できれば学校が別れても、海外留学しても、幼稚園から長くつきあっている歴史好きの友だちと一緒に旅がしたいです。

山中城の入り口。安土城で購入した杖を持って。
この頃の僕は、少しは手足が伸びています。

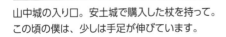

第5章　お仕事

1　僕の高座デビュー

僕が初めて高座に立ったのは、祖父・木久扇の「50周年落語会」の時です。その時僕は2歳でしたから、大勢の人を見て泣いてしまったのだとか。しかし、無類の電車好きだった僕。僕を抱いていた祖父が「あ、電車!」と指差した途端、「電車?」と、その方向を振り向き泣き止む。でも、電車が存在しないとわかると、また泣き始めるということを繰り返したそうです。それを面白がったおじいちゃんは、舞台上でその応酬《おうしゅう》を繰り返してネタにしていたとのこと。

そして時が経ち、僕が7歳の時の父・二代目木久蔵の「芸歴20周年落語会」が、僕の高座デビューとなりました。「高座」とは落語をする舞台のこと。そこでは、口上《こうじょう》に出ると共に、落語も披露《ひろう》しました。「口上」とは、出演者が横に並んで、主役についてお祝いや挨拶《あいさつ》を述べる場のことです。

その時の僕のネタは、「花咲《はなさ》か爺《じい》さん」。これは、昔話の花咲か爺さんをギュッと濃縮したような、小噺《こばなし》以上落語以下の長さの話。つまり、中途半端《ちゅうとはんぱ》なやつ。いや、そん

芸名は「コタ」。でも家族や友達は普段から僕をコタと呼んでいます。

親子三代そろって、楽屋にて。

リハーサルでのひとコマ。緊張した覚えはないのですが、僕もおじいちゃんも、顔が真剣です。

なことを言ってはいけません。大変素敵な長さの噺です。「噺」とは、「話」が「会話」や「談話」であるのに対し、「物語」や「説話」など、「はなしを語る」ことだとされています。

でも、実を言うと、僕はこの時の口上の記憶《きおく》はあっても、噺の記憶はあまりないのです。それでも、家族に対し高座が楽しかったと話したようで、おじいちゃんがいたく喜んでいたといいます。

その後もときどき僕は、「花咲か爺さん」やそれと同じくらいの長さの「芝刈《しばか》り爺さん」という噺をやりました。

「芝刈り爺さん」は、川に洗濯へ行ったお婆《ばあ》さんのもとへ、大きなさつまいもが流れてくるという不思議な設定のお噺。この噺は、おならについて扱《あつか》うので、いかにも子どもがやると可愛《かわい》らしい噺だなーと思います。

そういうわけで、きっと高座を楽しんでいたのでしょう。

平成23（2011）年8月、僕は北鎌倉《きたかまくら》にある円覚寺《えんがくじ》内で開かれた落語会に出演しました。この時のネタも「花咲か爺さん」。2回目だったということもあって、大きな失敗もなくこなせていました。曖昧《あいまい》な記憶ですけれど……。

その落語会で、僕にはとても嬉《うれ》しいことがありました。というのは、小学校の途中で転校してしまった、鎌倉の近くに住んでいる友だちと再会したのです。そして、僕の高座を見て喜んでくれ、手紙もくれました。

ところで、僕はこの落語会あたりから気づいたことがありました。たとえば、お客さんは僕の噺を面白いと思うと同時に、僕のことを可愛いと思って観ていることです。その頃の僕が幼かったためでしょう。

しかし、当時の僕は自分が可愛いと思って観られるのが嫌《いや》だったのです。だから、なおさら可愛らしく落語ができませんでした。今思えば惜《お》しいなーと思います。

また、前の方の座席には顔見知りがいっぱいいることにも僕は気づいていました。舞台に立っている時に「あ、○○さんだ」って。そのため、中入《なかい》り後におこなうトークショーなどでは、余裕《よゆう》がある時には知り合いをこっそり探して楽しむこともありました。

2　同世代の子どもたちに落語を披露《ひろう》

小学2年生の頃、初めてしっかりとした落語をしました。その演目は「狸札《たぬさつ》」。男に助けてもらった狸が恩返しに借金返済のためのお札に化けるという落語です。「花咲か爺さん」などよりもずっと長く、初めて覚える噺なので、ネタを覚え切れるのか？と不安がありました。でも、自分でも納得できるように終えることができました。

ここから少し自信を掴《つか》んだ僕は、「寿限無《じゅげむ》」、「平林《ひらばやし》」、「初天神《はつてんじん》」と計4つの噺を覚えました。これらは「前座噺《ぜんざ》」と呼ばれるもので、落語の階級である前座が覚えるものです。

令和元（2019）年11月には、「子ども大学くにたち」という活動の一環《いっかん》として落語を子どもたちに見せるという授業に僕が呼ばれました。それは、子どものお客さんをメインで集めるものだったので、僕は子どもにもわかりやすくて笑える「平林」という演目を選びました。

この噺は、物忘れがひどいサダ吉という主人公が、「平林」の読み方を思い出せず、人に尋《たず》ねながら悪戦苦闘《あくせんくとう》するという内容。「平林」の漢字2文字がわかれば誰にでも理解できます。案《あん》の定《じょう》、その時の小学生のお客さんの反応は、とてもよかったと思います。僕が「ひらりん　ひらりん　ひらひらりん」と調子よく唱えていると、会場中に笑い声が響いていました。こうして、小学6年生の僕が、同学年や1つ、2つ下の子どもたちに落語をするという不思議な試みは成功したと、自分勝手に思っています。

後でおじいちゃんから聞いたのですが、この試みは、「子ども大学くにたち」の理事長さんとおじいちゃんが以前からの知り合いだったことから、理事長さんが林家木久扇に「キャリア教育」の授業をしてほしいと依頼してこられたことから実現したもの。「キャリア教育」とは、子どもや若者がキャリアを形成していくために必要な能力や態度の育成を目標とする、教育的働きかけのことだそうです。僕も中学生の時に学校の授業でいろいろやりました。

理事長さんがそんな話をしていらっしゃった時、木久扇が「お客さんは子どもなんでしょ。それなら、コタを連れていこう。同じ年代の子どもが仕事をする姿をお見せする方が、ぼくが落語をするよりはるかにいい」と話したことから、僕の「平林」が実現。ちなみにその授業には、「何それ、面白そうだね」と言って、父も一緒に来ました。それどころか、おばあちゃんも、姉も、家族みんなが見にきたのです。そうして、僕たち親子三代の共演の落語会となりました。

また、その日のもう1つの授業が、北京オリンピックのソフトボール金メダリストによるものでした。そして、金メダリストの佐藤《さとう》理恵《りえ》さんにお会いした時、なんと本物のオリンピックの金メダルを首にかけさせてもらえたのです。メダルの重みを感じられて嬉しかったです。

小学４年生から６年生を前に、落語家親子三代の自己紹介。

「平林」の噺も佳境《かきょう》となり、だんだん乗ってきた僕。

北京オリンピック、女子ソフトボールで獲得した金メダルを佐藤理恵さん（ポジションはファースト）から首にかけてもらいました。

「僕にもかけさせて」と、父が。おじいちゃんも、この後かけてもらいました。

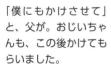

3　100点中30点

令和3（2021）年3月21日に、僕は香川県の三豊市での落語会に出演。落語会をした後、粟島《あわしま》という島に移動してそこで泊まり、翌日観光をするお仕事なのか旅行なのかという、僕にとって最高のスケジュール。しかも、嬉しいサプライズもありました。というのも、この落語会の前日が僕の誕生日の1日後だったため、主催者が誕生日ケーキを会場に持ってきてプチ誕生日会をしてくださったのです。お仕事の場での誕生会というのは初めて。嬉しい経験ができました。

その後、僕が最後に高座に立ったのは、同じ年の12月、鹿児島での落語会でした。この時も1日目に落語会をして、2日目は観光をしてから帰るというご褒美《ほうび》つきのお仕事でした。しかし、この落語会での自分の高座に点数をつけるならば、100点中30点くらいというような酷《ひど》いものでした。

というのも、僕は普段早口なので、それまではお客さんが聴《き》きやすいようにと、早口が出ないように心がけていました。でも、この舞台ではいつになく緊張してしまい、早口になってしまいました。それを話していて気づいたのですが、そこからパニックになり、修正が効かなくなってしまったのです。そのため、持ち時間を大幅に早めてしまう始末。袖《そで》に下がる時に、舞台裏の前座さんが次の出演者を呼ぶために焦《あせ》っていたのを見て、やってしまったと自分で自分に落胆《らくたん》しました。

この悪い記憶を早く消し去りたいと願っているのですが、それから丸3年、高座に1度も立っていません。コロナ禍だったことも影響していまして……。また、その間に中学生、高校生になり、いろいろ忙《いそが》しくなったのも確かです。でも、そうしたお仕事の依頼が来なくなっているのも事実。是非とも、よろしくお願いします！　何をよろしく……？

4　テレビの影響力の凄《すご》さを実感

コロナ禍でのこと。林家木久扇が『笑点』にリモートで出演することになり、おじいちゃんは自分の事務所から出演（他の笑点メンバーもそれぞれの場所から）。

そこで、僕はこんな機会はめったにないと思い、「見学しよう」と事務所に行って、影からようすを伺《うかが》っていました。すると、収録の途中で木久扇が急に、「今の答えはどうだった？」と、僕に質問。僕はほんの数秒間ですが、画《え》に入ったのです。

そんなことがあってから少し経ったある日、「子ども向けお菓子のＣＭ出演を決めるオーディションに出てください」という依頼が僕のもとに届きました。

ほんの数秒、テレビに映っただけで関係者の目に留まり、オーディションとはいえ、オファーが来たことに、「これがテレビか！」と、僕はとても驚きました。

そして、オーディション会場に入ってみたら、また驚きでした。そこには、僕より年下であろう世代の子どもたちしかいないではないですか！　そんななか、大声で戦隊もののセリフを言いながら、小さい子ども向けの振り付けを踊り、それを審査員が厳しい眼差《まなざ》しで見つめる。恥《は》ずかしいったらありゃしないカオスな状況でした。

そんな訳で、オーディションには綺麗《きれい》に落ちました。初めてのオーディション経験ができたのでよかったのかな？　ともかく、テレビの影響力の凄さを実感しました。

5　テレビ出演は、お仕事？

これまで、僕は祖父や父親が落語家をしている縁《えん》で、何度かテレビに出させていただきました。そんなテレビ出演について書きたいと思います。

僕が最初に出たのは、朝の情報番組による落語会の密着取材だったそうですが、すごく小さかったので、その時のことは全く覚えていません。でも、それからしばらくして、『笑点』で姉と一緒に♪ミネソタの卵売り♪という、少し昔の歌を歌ったことは覚えています。もちろん、僕たち姉弟は、その歌をなんだかさっぱりわからないまま披露。どうやらこの歌は、祖父が大好きな歌のようです。

その翌年の平成28（２０１６）年、孫と祖父、あるいは孫と祖母で出演するような、歌合戦のテレビ番組に出演。この番組では、優勝したら欲しいものがもらえるので、欲しいものがあるか事前に祖父と姉と一緒に取材を受けました。その頃から僕は大の歴史好きだったため、真っ先に思い浮かんだのが、甲冑《かっちゅう》。

いざ収録当日。僕は甲冑のために意気込んでいました。とはいっても、曲は全て林家木久扇の選曲ですから、さっぱりわかりません。もちろん、ミネソタの卵売りも披露。そんなわからない状態でも、家族で一生懸命練習しましたから1回戦は突破《とっぱ》。でも、奮闘《ふんとう》はここまで。2回戦で敗退してしまいました。それでも、歌番組という滅多《めった》に出演できない番組に出られて嬉しかったです。

また、その歌番組と同じ月には、これまた祖父と姉と一緒に、「孫まご旅」という番組にも出演。京都まで行って「街ぶら」をしました。その道中、あるお寺に寄りました。その時におみくじを引いたのですが、結果は凶《きょう》。

実は、この日のロケは初めての京都、初めての遠方へのロケ、初めての1日のロケといったように、初めてづくしの体験。嵐山《あらしやま》近辺の渡月橋《とげつきょう》を渡ったり、屋形船《やかたぶね》に乗ったり、扇子《せんす》に絵を描いたりと、さまざまな周辺観光をしました。それらはもちろん、我が家の旅行では味わえないものばかり。我が家のメンバーで同じところを訪れたとしても、食べ物と買い物ばかりの（変な）旅になるだろうと思います。

それにしても、これらは僕にとって何だったのでしょうか。ただただ楽しんでいたので「お仕事？」と疑問に思います。

6 タコにされた僕

歌合戦に出演したのと同じ年、お仕事として僕にCDデビューの話がやってきました。さも僕がひとりでCDを作ったかのような言い方をしましたが、もちろんそうではなく、ユニットを結成して、先に書いた「空飛ぶプリンプリン」という曲を歌ったのです（→P39）。

僕たちはある録音スタジオで、その歌を録音。僕は全く経験のないことでしたが、まわりの家族が慣れないことにもかかわらず、みんなリラックスしていたので、僕も緊張しなくていいや、と切り替

あの『徹子の部屋』に家族で出演！　僕が8歳、姉が9歳の時でした。

えることができました。

そしてその年には、『徹子《てつこ》の部屋』に祖父・父・姉とともに出演しました。

この収録前、スタッフの方から、黒柳《くろやなぎ》徹子さんに1つ質問ができると言われたので、僕と姉は何がいいかと考えました。そして姉は「好きな本は何ですか?」という質問を、僕は「将来の夢はなんでしたか?」という質問をすることに決めました。

収録が始まり、徹子さんから話が振られます。徹子さんが僕に呼びかけました。

「タコ君は〜」と。瞬間《しゅんかん》、「タコ君? おかしいな」と思いましたが、徹子さんにどうやって訂正《ていせい》すればよいのかわからず、僕はそのまま「タコ君」としてこなしました。

例の質問タイムがやってきました。先に質問した姉への回答は、『星の王子さま』。「是非読んでね」と徹子さんに言われ、本好きの姉はすぐ読んでいました。

僕の質問に対しては、「スパイになりたかった」と即答《そくとう》。

これには皆で大爆笑《ばくしょう》。こうして収録が終わった後、ツーショットの写真を快く撮ってくださり、楽しい時間を過ごせました。

この『徹子の部屋』が放送された次の日、姉とバスに乗っていると「昨日のテレビ観たわよ〜」と、見知らぬおばあちゃんに声をかけられました。街で知らない人から、こんなふうに声をかけられることが初めてだったので驚きました。

黒柳徹子さんが快く2ショットに応じてくださいました。

7 『ぐるナイ』のコーナーに出演

平成30（2018）年6月、『ぐるナイ』というテレビ番組中の1コーナーとして、誰の孫かをあてるという企画がありました。内容は、出演者が孫から祖父母の顔のパーツの情報を聞き取り、それをもとに絵を描き、そこから祖父母を推測《すいそく》するというもの。そのため、収録前に祖父の顔を360度ジロジロと見つめ、このパーツの形はどうだとか、大きさはこうだとか、いろいろ研究して、うまく伝えられるように頑張って準備しました。

そして本番。祖父は、答え合わせとして最後に登場するので、収録中は、僕のまわりに家族はいませんでした。

そんな、家族なしのひとりきりの収録はやったことがなかったので、とても緊張しました。でも、ナイナイの岡村さんが横にいて優しく接してくださったので、ガチガチにならずにひとりできっちり仕事をやれました。なお、無事祖父の顔研究の成果を発表できましたが、正解者はいませんでした。僕のせいではありません。

8　親子三代クイズに挑戦

令和6（2024）年正月。『クイズ！　あなたは小学5年生より賢《かしこ》いの？』というテレビのクイズ番組に、林家木久扇、林家木久蔵、林家コタの親子三代が落語家の正装の着物を着て出演しました。

この番組では10問連続正解すると、100万円もらえる権利を手にし、そこからさらに難しい最終問題にも挑戦することができます。最終問題に挑戦しない場合、そのまま100万円を持って帰れますが、挑戦して正解すれば、300万円を得ることができます。ただし、そこで間違えてしまうと0円。収録前には、絶対頼りにならないだろうと思っていた木久扇、木久蔵が300万円のためなのか、俄然《がぜん》やる気。とても頼り甲斐《がい》がありました。

1問目は、僕の大好きな戦国時代に起きた、川中島《かわなかじま》の戦いに関する問題だったので、僕がきちんと答えることができました。2問目、頭の体操のような問題は、小学生の助っ人の力を借りてクリア。そこからは、木久扇も木久蔵も力を発揮。木久扇が活躍したのは、引越しそばについての問題。そばの話は落語にも出てくるので、楽勝。また木久扇は、毎日夜7時からニュースを観ているので、時事ネタも得意。そのような知識をフルに活かしたり、一方で悩んだりしながらも、最終問題まで辿《たど》り着くことができました。

そこで、木久扇が100万円をもらって帰ろうと言い始めましたが、僕は300万円に挑戦を希望。なにせ、小さい時、「お小遣《こづか》いはコイン1つより3つの方がいい」と思った僕ですから、木久蔵とふたりで説得し、結局挑戦。

最後の問題は、「1年間のうちに羽毛・体毛の色や模様が変化する動物を全て選べ」といったもの。ここで、フクロウを家で飼い出した木久蔵の出番。ライチョウとオコジョは変わるということがすぐわかりました。しかし、そこからが難しく、長い時間考え込んで（15分相談したとテロップまで出現）ようやく答えを出しました。しかし、残念！ 300万円を手にすることができませんでした。

非常に残念ではありましたが、その後まわりからの反響が大きく、みんなが喜んでくれたという嬉しい気持ちの方が大きかったです。

僕はテレビに出演したことで、芸能人って大変だなぁと、あらためて凄さに驚かされました。それと同時に、僕がテレビに出られるのは、86歳になっても元気で仕事をしてくれている祖父のおかげだということを強く感じました。

実は他にも、祖父はＹｏｕＴｕｂｅをやっていて、僕を出演させてくれたり、ロボットの宣伝動画に一緒に出演させてくれたり。僕が林家木久扇に受けた恩は計りしれません。祖父には心から感謝をしたいです。

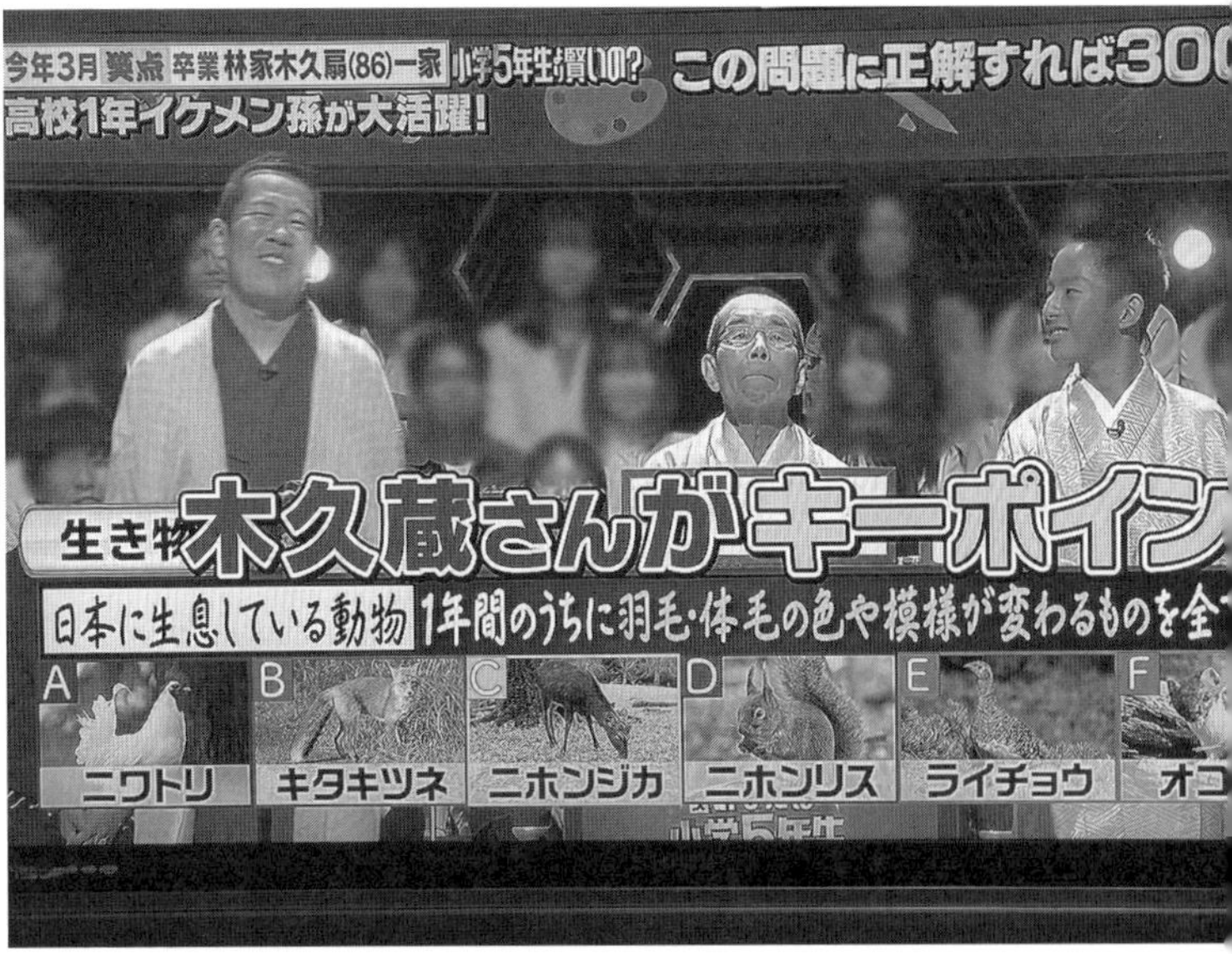

300万円獲得を目指して最後の問題に挑戦中の僕たち。簡単なようでわからず、本当に悩みました。

9　父に感謝することは

舞台に出るためには、着物の準備などさまざまなことをしなければなりません。もちろん、稽古《けいこ》は欠かせません。では、稽古をどのようにしているのかについて書きたいと思います。

僕が高座で演じることが決まると、祖父からネタとする噺の内容が全て書かれたものを渡されます。それを暗記することから稽古が始まります。

しかし、ネタは十分以上もかかるものもあります。そういう噺を暗記することはとても大変です。そこで、僕は効率よく覚えるために内容を小さく区切り、今日はここまでといったように、デイリーミッションを作って覚えるようにしています。この覚え方が僕に合うのか、調子よく内容を覚えることができます。

このデイリーミッションを繋《つな》げていき、最後の方まで覚えると、いよいよ稽古が始まります。稽古をつけてくれるのは、父である二代目林家木久蔵です。

ここで父に見てもらうのは、台本の修正や所作《しょさ》、間《ま》の取り方など。たとえば、所作には、喋《しゃべ》る人物ごとに顔を右側に向けるのか、左側に向けるのかという使いわけがあります。これを「上下《かみしも》」といいます。しかも、ただ単にその方向を見るのではなく、そのなかでも上を見るのか、下を見るのか、真っ直ぐ見つめるのかというように、登場人物の話し相手の年齢などから、視線の高さを考えなければなりません。

また、扇子や手拭《てぬぐ》いをどこでどのように使うのかなどの所作も教わります。例えば、「初天神」という演目では、お団子《だんご》の蜜《みつ》を舐《な》める際などに扇子を使います。手拭いは、財布として用いるなどします。

次は、間の取り方です。ウケを狙《ねら》う場面で、お客さんが笑っている最中に話を続けては、お客さんを置いていってしまい、よい高座にはなりません。また、絶妙《ぜつみょう》な「間」があることで笑いが生まれることもあります。

こうしたアドバイスを全て木久蔵がしてくれるのです。父には、当然感謝！

これらのアドバイスを吸収して、噺の形がまとまって初めて、木久扇に稽古をつけてもらいます。この時の木久扇は、至って真剣。『笑点』の黄色の着物を着た抜けているキャラクターではなくなります。木久扇の稽古は、細かいポイントにまで至ります。たとえば、話し方。おじいさんならゆっくりと、子どもなら無邪気《むじゃき》に、若者ならハツラツと、といったように。

こうしたアドバイスは、木久扇自身がメモして、それを僕にくれます。でも、このメモは繋げ字で書かれているので、僕は読むのに一苦労。木久扇は達筆で、絵のような字です。それを僕は一生懸命何度も読むことで、忘れないようにします。

そこからまた、木久蔵に見てもらったり、木久扇に見てもらったりという稽古を重ねます。

この稽古で何よりも難しいと感じるのは、わかりやすく演じること。そのために、ふたりが間の取り方や所作などのアドバイスをくれます。

その意味や効果は、僕もなるほどと思えるものです。しかし、いざ実行するとなると、とても難しい。自分としては感情をしっかり入れたつもりでも、もっとオーバーにやろうと言われることもあります。

例えば、僕は泣くシーンが苦手で、そういったシーンをオーバーにしなさい！　と言われると、エッと思います。それでも、見本を見せてもらうと納得《なっとく》。その難しさも理解します。噺がうまい人は、そういったことができているからこそ、聴きやすくて笑いやすい。そのため、アドバイスを丸々でなくとも、しっかり自分が納得するように吸収できるようになりたいです。

そんな稽古の時、祖父や父に厳しくコメントされることはもちろんありますが、こっ酷《ぴど》く叱《しか》られることはありません。そのお陰《かげ》で、落語が嫌にならずにできているので、この環境に感謝したいです。

この章に書いたことは、これまでの僕の「お仕事」です。でも、そもそも「仕事」とは何でしょうか。「生計を立てるために従事する職業」と辞書に書いてあります。では「職業」というと、「生活維持のために日常従事する仕事」。

僕は、小さいうちから家の仕事と関わりをもち、落語を覚えてきました。でも、それは生計を立てるためにやってきたものではありません。とはいえ、これは一般に「仕事」と呼ばれるようです。

おわりに①「コタ、お前は落語家になりたいの？」

最後に、こうして僕が落語の舞台に立たせていただいたなかで、将来落語家になりたいと思っているのかについて書きたいと思います。

結論としては、「わからない」というのが本音です。なぜかというと、落語を実際にやってみて、その大変さを実感したからです。

僕が覚えている落語は、長くても10分あるかないかくらい。それでも、台詞を覚えて仕草を覚えて、さらに感情の変化を意識してと、することがたくさんあって大変だなと感じることが多々あります。

しかし、落語家さんが演じているものは、ネタにもよりますが、数十分あります。先述のような意識もしなければなりません。さらに、覚えるネタ数もたくさんあります。これらのことが合わさり、「果たして、僕にそのようなことができるのか」と思ってしまうのが本音です。しかも、それができたとしても売れるかどうかはわかりません。落語界で活躍できるのは、ほんのひと握《にぎ》りなのです。

では、落語家にはならないのか？　と聞かれると、それも違うと思います。なぜなら、落語をやってお客さんが笑ってくださることが嬉《うれ》しいからです。

落語は、ひとりで舞台に立ってやります。そのため、本番中に他人の力は借りられません。そんななかで、自分が落語をやってお客さんが笑ってくださるというのは、そこまでの稽古《けいこ》が報《むく》われた気がして嬉しいです。

そのような、大変な苦労《くろう》が伴《ともな》うだろうと考える気持ちや、お客さんが笑ってくださる喜びを感じる気持ちが交錯《こうさく》しているため、「将来のことはわからない」というのが、今現在での本音です。

そんななかでも、僕にはやってみたいと思っていることがあります。それは、「日本文化伝道師」です。これは読んで字のごとく、日本の古きよき伝統的文化を、さまざまな相手に発信するというもの。残念ながら僕は英語が大の苦手なので、世界に英語で発信することができるようになるかはわかりません。

とはいえ、相手は、日本人でもあります。学校にいてつくづく思うのは、「日本人の若い人たちが、あまりに日本の文化を知らない！」ということ。たとえば、伝統芸能たる落語。ほとんどの人が、「時そば」や「寿限無《じゅげむ》」、「饅頭《まんじゅう》こわい」などの噺《はなし》しか知らないでしょう。でも、他にも山ほど面白い噺があります。

食文化もそうです。漬物《つけもの》や佃煮《つくだに》、出汁《だし》や味噌、和菓子やお抹茶《まっちゃ》などの、日本ならではの美味しい食べ物を知らなかったり、それに興味がないという人が多いです。こういった人たちにも、和食や伝統芸能などのよさをわかってもらいたいと思うのです。

とはいえ、僕自身も日本文化について知らないことばかりです。ですから、これから一生懸命勉強して、自分なりに考え、日本文化のよさを理解したいと思います。

しかし、日本文化伝道師となると、独学で得られる肩書きではないので、そこまで極めるのは厳しいかもしれません。そのため、職業として落語家となり、全国を飛び回りつつ本場の日本文化に触れ、それと同時に、各地で経験したさまざまな魅力を伝えることができたならとても素敵だなと感じます。落語家が日本文化を伝えればどこか説得力があるようにも感じますし。

しかし、夢物語といえばそうなので、まずは今現在をしっかり生きていきたいなと思います。

おわりに②　僕がエッセーを書いちゃった！

　こうして本を書くこと、長文を書くことは、僕にとって初めての試みでした。この本を書くと決まった時、「この歳《とし》で本を書ける機会があるなんて羨《うらや》ましい！」と、おじいちゃんは大喜び。僕自身は最初のうち、「え、本？　僕が書くの？」といった感じで、ただただ驚いていました。

　そのようななかで、実際に書き始めてみると、自分自身についての知らなかったことや、忘れていたことを次々と、知ったり思い出したりできました。それと同時に、自分の今までを見つめ直し、さまざまなことをやらせていただいてきたのだなという喜びも感じました。

　僕は今年（２０２４年）４月、高校2年生になります。そろそろ自分が進む大学について、いろいろ考えなければならない頃です。大学選びは、卒業後の将来のことをしっかり考えておこなわねばなりません。そんな時期にこの本を書いたことで、今までやってきたことを思い出し、自分の強みについて知るよい機会となりました。これを大学受験に活かそうと考えるものの、僕にはまだ、「夢物語」以上のはっきりした将来像がないので、未来設計に葛藤中《かっとうちゅう》でございます。

今からしばらく時が経ち、僕が大学になんとか入れたとして、その後の人生はどうなっていくのでしょうか。この世の中をちゃんと渡っていけるのでしょうか。この疑問が最近、自分のなかによくつきまとってきます。落語家を選ぶにしても、別の職業を選ぶにしても、楽しくやりたいというのが今の目標です。

仕事というものは、そんなに簡単じゃないと言われてしまえばそこまでなのですが、なんにしてもつまらない人生はまっぴら御免《ごめん》。寂《さび》しく歳をとることだけは避《さ》けたいのですが、果たして僕はこれから進む環境に馴染《なじ》んでいけるのでしょうか。ただただ不安です。

最後にひと言。僕のおじいちゃんは、3月に『笑点』を卒業します。僕が生まれるよりずっと前から『笑点』に出演しているので、『笑点』を卒業するというのは驚きですし、正直実感が湧《わ》きません。しかし、落語家としてはまだまだ現役なので、大勢の人に笑顔を届け続けてほしいと感じます。それと同時に、86歳まで現役でいて、これから歳を重ねるなかでも落語家を続けるという精神力には、尊敬の念しかありません。

いつまでも健康でいて、長生きをしてほしいと願っています。なんといっても我が家の大黒柱で、欠けてはいけない大きな存在ですから。

そして、ここまで僕の文章を読んでくださった方へ。あらためてありがとうございました。いか

林家木久扇の成長力・精神力はとどまることを知りません。追いつき、追い越せるのはいつの日か！

がだったでしょうか。みなさんには、少しでも、「平和だな～」と、感じていただけたら嬉しいです。

僕自身は、今現在の幸せを噛《か》み締《し》めながら、前へ進んでいきたいです。

これからもどうぞよろしくお願いします！

付録

『時そば』の稽古《けいこ》

『時そば』とは？　『時そば』の「時」とは時刻のことで、「そば」は、めん類の「そば」です。『時そば』は扇子《せんす》を箸《はし》に見立てて、勢いよくそばを食べる仕草《しぐさ》が出てくる有名な古典落語。僕は、父にこの噺《はなし》を徹底的に叩《たた》き込《こ》まれました。この本の巻末に『時そば』の噺の内容を詳《くわ》しくお知らせします。

あらすじ

『時そば』という落語は、ある男が、深夜、屋台をかついで歩くそば屋を呼び止める場面から始まります。この男は、調子よくそば屋の屋号《やごう》（店の呼び名のこと）や、そばの味など、次々と褒《ほ》めながらそばを食べていきます。食べ終えると、代金（十六文《もん》）を払《はら》うから手を出すようにと店主に言います。

男は「ひー、ふー、みー（一、二、三）」と数えながら1枚ずつ小銭《こぜに》を渡していきます。「よー、いつ、むー、なな、やー（四、五、六、七、八）」と数えたところで、急に「今、何刻だい？」と時間を尋《たず》ねます。店主が「九つです」と答えると、男は「とお、十一、十二……」と続けます。

つまり「九つ」のところでは小銭を渡さず、一文ごまかしたのです！

そのようすを、まぬけな男が見ていました。その男も店主同様に、はじめは、ごまかしに気づきませんでした。ところが、自分で聞いた会話をくりかえしているうちにようやく、そのからくりがわかったのです。男は嬉《うれ》しくなり、自分もまねをしてやろうと、翌日、小銭を持って屋台のそば屋を呼び止めます。ところが大失敗。さんざんな目にあうのです。

登場人物

『時そば』には、客と店主がいる屋台が2組（「あたり屋」と「はずれ屋」）、計4人の人物が登場します。話は、3つの場面にわかれています。

江戸のまちには、小腹を空かせた人を相手にする屋台がたくさんありました。寿司、てんぷら、おしるこ、団子など、さまざまな屋台があり、人びとは気軽に利用していました。そばの屋台も、そのような屋台の1つで、夜になると売り声をあげながらまちを歩き回りました。そのため、「夜鳴きそば」とも呼ばれました。

- **「あたり屋」の店主**：まじめに商売をしている店主。客の言葉にも、あいそよく、きちんと返答をする。
- **「あたり屋」の客**：調子のよいお世辞《せじ》を並べたあげく、あたり屋の店主をだます。
- **「はずれ屋」の店主**：ぼろぼろで汚れた屋台の店主。口数は少なく、客との世間話にも消極的。
- **「はずれ屋」の客**：まぬけでおっちょこちょい。

話の展開

『時そば』には、大きく3つの場面があります。

❶場面　「あたり屋」の屋台で、江戸っ子が「あたり屋」の屋台を呼び止め、そばを注文する。そばができる間、さかんにお世辞《せじ》をいう。そばが出てからは、割り箸、どんぶり、汁、そば、ちくわなどについて次々に褒めていく。美味しそうに食べて、「これから、ひいきにさせてもらう」と調子のいいことを言うが、支払いの時に代金をごまかす。音を立ててそばをすする場面が、芸の見せどころだ。

❷場面　まぬけな江戸っ子が登場。代金をごまかすようすを脇《わき》で見ていたまぬけな男が、「あたり屋」で聞き覚えた台詞《せりふ》をまねて、同じようにやってみる。すると、支払いの場面で、奇妙《きみょう》に感じる。そこで何度か男のせりふをくりかえしてみると、ようやく男が一文ごまかしていたことに気づく。

❸場面　まぬけな男は翌日になって、自分も同じようにしてごまかしてやろうと、まちに出る。なかなか屋台が見つからない。ようやく見つけたのは、「はずれ屋」だった。調子よくお世辞を言おうとするが、箸もどんぶりも汚《きたな》い上にそばもまずい！　それで

も食べおえて、支払いをしようとするが。場面❶との対比が面白い、話の聞かせどころだ。

❶場面「あたり屋」の屋台で

座布団《ざぶとん》に座ったらまずおじぎ

昔、二八《にはち》そばというものがありまして、1杯は、十六文でした。なぜ「二八そば」と言うのかというと2×8＝16だからだとも、そば粉を8割、うどん粉（小麦粉）を2割使ったからだともいわれています。

てんびん棒の屋台をかついで、江戸のまちを声をかけながら、売り歩いたようです。

ある晩のこと、そば屋さんが屋台をかついで歩いていますと……。

てんびん棒をかついで　そば〜う〜あ〜う〜。

そば屋さんを呼び止めて　おーい、そば屋さん、何ができるんだい？　お、花巻《はなまき》にしっぽく？　しっぽくを1つこしらえてもらおうか。

両腕をさすりながら　それにしても、ずいぶん寒いねえ。

下手《しもて》を向いて　ええ。だいぶ冷えこむようで。

上手《かみて》を向いて　どうでえ、商売の調子は？　いけねえ？　そうかい、でもあんまり心配しねぇ方がいいや。悪いあとは必ずよい。〝商《あきな》い〟って言うくらいだ。飽《あ》きずにやらないといけねえぜ。

笑《え》みを浮かべて　ありがとうございます。親方、うまいことおっしゃいますな。

少し上の方を見ながら　おお、いい看板だなあ、ええ？　的に矢があたってて、屋号が「あたり屋」。ものにあたるとは、縁起《えんぎ》がいいじゃあねえか。この看板見たら、また来るぜ。

下手を向き、箸を乗せたどんぶりを差し出す　ありがとうございます。親方、どうもお待ちどうさまで……。

体ごと上手を向き、どんぶりを引き寄せる　お、早いじゃねえか。こうでなくちゃ。こちとら江戸っ子でい。江戸っ子は気が短いからね、催促《さいそく》をしてやっと出てくるなんてぇのはうめぇもんだってまずくなっちまう。

箸を持ち上げて、じっと見つめてから　えらい！　感心に、割り箸を使ってる。割ってある箸は、誰が使ったものかわからねえ……。

割り箸を割り、どんぶりに目をやって　いいどんぶりだねえ。どうだい、ものは器で食わせるっていうくらいだ。中身もうまそうに見えるよ……。

匂いをかぐ　おお、いい匂いだ。鰹節《かつおぶし》おごってるね。

汁を飲んで、しばらくしてから　二八そばなんてものは塩からいもんだが、なかなかこういうふうに出汁《だし》をとるのは難しいよ。そばは細い方がいい。

箸でそばを口に運び、

音を立ててすすり、しばらく噛《か》む　うん、いいそばだねえ。

しばらく噛んで口をぬぐってから　こしもあって、ぽきぽきしてやがらぁ。

ちくわを持ち上げてから　ちくわも厚く切ったねえ。薄いと食ったような気がしねえ……。

ちくわを食べたあと、そばを食べて汁を飲み、口をぬぐう

うまいっ！　（どんぶりを返す）……もう1杯と言いてえところだが、実はさっきよそでまずいそば食って、お前さんのところは、口直しなんだ。すまねえが、1杯でかんべんしておくれ。

下手を向いて　ありがとうございます。

上手を向いて　いくらだい？

十六文いただきます。

袖《そで》に右手を入れて、振りながら　小銭を間違えるといけねえからな。手を出しておくれ。

はい、こちらにお願いします。

下を向いて小銭を置きながら　十六文だったな。ひー、ふー、みー、よー、いつ、むー、なな、やー。

突然顔を上げて　今何刻だい？

下手を向いて少し考えてから　えー、九つで。

すかさず下を向いて小銭を置きながら　とお、十一、十二、十三、十四、十五、十六。

❷場面　まぬけな江戸っ子が登場

正面を向いて　お勘定《かんじょう》をしてぷいっと行ってしまいます。これをものかげで見ていたのは、どこかぼうっとした江戸っ子で……。腕組みをして、気にくわないようすで、

体をゆするなどしながら……、あの客は、よく喋《しゃべ》ったね。そば屋に向かって最初から最後まで。喋らなくちゃ、そばを食えねえのかな。

「そば屋さん、寒いねえ」……何をいってやんでえ、

そば屋が寒くしたんじゃねえやい。
「どうでえ商売は？　仕方がねえ、商いといって飽きずにやらなくちゃいけねえ」って。
これはうまいこと言いやがったな……。
「いい看板だ、的に矢があたって
あたり屋で縁起がいいや」って……。
「箸が割り箸で、どんぶりが綺麗《きれい》で、つゆがよくって、
そばが細くって、ちくわは厚くって」だなんて、
最初っから最後までお世辞《せじ》言ってやがらあ。
「いくらだい？」「十六文いただきます」……て、
値段は十六文に決まってるじゃあねえか。
「小銭だから間違えるといけねえ、数えてやろう」……なんて、
まどろっこしいことしやがる。

手で小銭を置くまねをしながら　ひー、ふー、みー、よー、いつ、むー、なな、やー、
顔の向きをかえて　「今何刻だい」「九つで」「とお。十一、十二、十三、十四、十五、十六……」。

あれ……。変なとこで時を聞いてやがったな。数えている途中でしゃべって、間違えちまうぞ。

顔をしかめながら　「ひとつ、ふたつ、みっつ、よっつ、いつつ、むっつ、ななつ、やっつ、何刻だい？」「九つで」「とお、十一、十二、十三、十四、十五、十六」……。どうもここんところがおかしいな。ひとつ、ふたつ、みっつ、よっつ、いつつ、むっつ、ななつ、やっつ、何刻だい？　九つ、とお……。

気がついた瞬間に大きな声で　とおじゃねえ。ほら見ろ、間違えやがった！　とお、十一、十二、十三、十四、十五、十六……十六じゃあないよ、これは。

大きく手をたたいて、満面の笑みで　一文ごまかしやがったな。うまくやったな。これは面白えや、おれもやってやろう。

❸場面「はずれ屋」の屋台で

正面を向いて　よせばいいのに、その晩は小銭がなかったので、次の晩に細かいお金を持って外へ出ました。

屋台を呼び止めようと　おーい、そば屋さ～ん、さっきから呼んでるじゃあねえか。お～い！

ようやく引き止めて、やや息を切らしながら　ひでーじゃねえか。何ができるんだい？

花巻にしっぽく？　しっぽくを1つ頼むよ……。

寒そうに腕をさすりながら　いや～それにしてもずんぶんと寒いねえ。

真顔で下手を向いて　いえ、今晩はたいへんあったかいようで。

一拍《いっぱく》置いてから手を振りながら……　ああ、そうだ、今夜はあったかいんだ。そうだ、寒いのは夕べだ。ねえ、夕べは寒かったねえ。どうだい、商売は？

いたって普通のようすで　ありがとうございます。おかげさまでうまくいっております。

一瞬言葉に詰まって　何だい、いいのかい……？　調子がくるうね。

笑顔を作り直し　でも調子がよければ悪くなるときもあるから、油断しちゃいけねえ。

呆《あき》れた表情で　はい。その通りで。

上の方を見ながら　看板、かわってるねえ。これは、的に矢が……、あたってないね。これなんて読むの？　はずれ屋？　看板はまあいいや……。

上を向いて、待つようなそぶり　そばはどうした？　まだかい？　じれったいね。江戸っ子は気が短けえんだ。

腕を振りながら　でもまぁいいや。おれは江戸っ子のなかでも気の長え方だから……。腕組みをして、そわそわして、

しばらくだまって待つ　怒りをこらえながら……まだかい？

下手を向いて　はい、お待ちどおさまで。

笑顔でどんぶりを受けとる　お、感心に、割り箸を使って、いいねえ。割ってある箸は誰が使ったかわかりゃあしねえ……。

手元の箸を見て　って、これはもう割ってあるねぇ。まあいいや、割る手間が省けてよ。

仕方がないという表情で　よく見ると先の方がぬれてるじゃあねえか。まあ、こうやって着物でふけばわからねえや……。

気を取り直して上手を向いて話し始める　このどんぶり、いいどんぶりだよ。ものは器で食わせる、中身が少しくらいまずくたって入れ物がよければ……。

どんぶりに目を落とす　って、汚ねえどんぶりだねえ、これは！　ひびだらけだ。よくこうまんべんなく欠けたね……。

どんぶりをながめながら話す　まぁ、これはいいどんぶりだ、器にも使えるし、のこぎりにも使えるよ。どんぶりなんか欠けちまったっていいんだよ、どんぶり食うわけじゃぁねえんだから、少し気をつければいいんだ。

匂いをかいで　ここのそばは、鰹節おごってるね〜。二八そばってもんは塩からいもんだがね、なかなかこういい汁かげんにはいかないねえ。

汁を飲んでから顔をしかめる　お湯入れて薄めてくれねえか。とても食えないよ……。もっとも、おれは甘いものが好きだから。

箸をどんぶりに入れながら　太いそばは食いたくねえや、そばは細い方が……。

そばを持ち上げて　これ、うどんじゃねぇのか〜。まぁ太い方がいいや、食いがいがある。

音を立てて太いそばをすすったあと、

食べながらしゃべる　ニチャニチャして、ずいぶん柔らかいねえ。そばのおじやだ。いいんだよ、おれ今腹の調子悪いから。今度はちくわだ。

箸をどんぶりに入れて回す　おおい、どこに入れたんだ、どこへ。どこにも入ってねぇぞ。

「入れました」って？　おっ、あったあった。

そば屋を見てから、両手を広げる　こんなところに、貼りついてたよぉ。これは薄いねえ。なかなかできるもんじゃあないよ。もっとも、厚くても、麩《ふ》を使ってる店があるけど、あれはいけないね。

ちくわを持ち上げる　ちくわの向こうに月が見えるよ。よく、こう薄く切れたねえ。なか

口に入れて噛みながら　そこへくるってえと、これは本物の……

食べ終えて　麩だね。まずそうに食べ終えて、

どんぶりを置く　もういいや、いくらだい？

下手を向いて　へえ。ありがとうございます。十六文いただきます。

そでに手を入れながら　小銭だから、間違えちゃあいけねえからな。手を出してくれねえかい？

下を向きながら、お金を置く　そうかい、ひー、ふー、みー、よー、いつ、むー、なな、やー、

へえ。こちらにいただきます。

顔を上げて　今何刻だい？

下手を向いて　へえ。四つで。

再び下を向いて数える　いつ、むー、なな、やー……。

そば屋に「四つ」と言われれたまぬけな男は、その前に八文まで数えていたにもかかわらず再び五文から数え始め、四文分を二重に支払うことになってしまった。ところが、それに気づかない。これがこの落語のオチ。

著／豊田　寿太郎（とよた　こたろう）
2008年３月生まれ。2024年３月時点で高校１年生。父は林家木久蔵、祖父は林家木久扇。2015年９月、７歳で高座デビュー。2016年、親子三代ユニット「木久ちゃんロケッツ」としてCDデビュー。同年に「徹子の部屋」、2024年１月にはクイズ番組にも親子三代で出演した。好きなものは城巡り、釣り、お茶と和菓子。

企画・編集／稲葉茂勝
（NPO法人子ども大学くにち理事長）

編集・制作／こどもくらぶ
あそび・教育・福祉・国際などさまざまな分野で児童書を企画編集し、毎年多くの作品を発表。各方面から高く評価されている。

デザイン・DTP・装丁／高橋博美（こどもくらぶ）

協力／田所稔

読者の皆様へ

ぼくは2019年、林家木久扇師匠に、小学生を対象にしたキャリア教育の講演を依頼しに行きました。師匠と短く話し合った末、師匠が「お聞きになるのが子どもさんなら、コタを連れて行こう。同年代の子が、お仕事をしているのを見てもらう。そのままキャリア教育になる」と。
あれから、４年。コロナ禍を経て、コタくんは、高校1年生に。自身の境遇と将来、そしてキャリアについても悩んでいる様子。ぼくは、彼が自分の将来を決める上で、一度、自分のことを整理してみたらどうかと、おじいちゃんの友人としての老婆心。整理の方法は、文章にすること。正直、本になるかどうかは未知数でした。
ところが、最初に届いた彼の文章を見て、びっくり。本にして多くの人たち（自分でも、子どもでも、孫でも）にとって、とくに仕事やキャリアについて考えている、または、考えようとする人にとって、お読みいただく価値があると、考えました。
こうして生まれたのが、この本。コタくんから届いた最後の原稿に何と書いてあったかは、本文をお読みいただくとして、ぼくは、「ああ～よかった」と思っています。
「お前は何になりたいの?」と自問自答しながら奮闘する高校1年生の男子の姿を、是非読んでください。

2024年3月　稲葉茂勝

今人舎・子ども大学叢書 ①
コタ、お前は落語家になりたいの？　N.D.C.915

2024 年 4 月 10 日　第 1 刷発行

著　者　豊田寿太郎
発行者　中嶋舞子
発行所　株式会社 今人舎
〒186-0001　東京都国立市北 1-7-23
電話 042-575-8888　FAX 042-575-8886
印刷・製本　瞬報社写真印刷株式会社

 ISBN978-4-910658-13-1　160P　188cm×128cm　Printed in Japan
今人舎ホームページ　https://www.imajinsha.co.jp　E-mail nands@imajinsha.co.jp